Karl Schönafinger

Verlust der Kontrolle

Verluste der Kontrolle

Eine Zukunftsgeschichte

von

Karl Schönafinger

Inhalt

DER BLITZSCHLAG

Die kleinen Drohnen flogen tief über den Milchkühen her und drohten ihnen mit warnenden Tönen ihre gefürchteten Stromschläge an. Sie waren gerade dabei, die Rinder schnell noch zum Schutz vor dem Gewitter in den Stall zu treiben. Ein heftiger Sturm war angekündigt und erste dicke, dunkle Wolken schoben sich über das Bergmassiv oberhalb der Almhütte hervor. Die Besucher hatten deshalb die Terrasse auf der Südseite der Almhütte verlassen und es sich im Inneren des kleinen Holzhauses gemütlich gemacht.

Der Roboter AAR00490219, hier oben von den Menschen kurz 0219 gerufen, machte sich auf den Weg zum Stall. Er war sozusagen ein Mädchen für alles. Nun sollte er dort kontrollieren, ob die eintreffenden Kühe ihre Plätze aufsuchten. Das waren einzelne Parzellen, in denen die Tiere sich ein wenig bewegen und zum Wasserspender und gegebenenfalls, bei sehr karger Weide in trockenen Jahren, auch zum dann angebotenen Futter gelangen konnten.

Die Stallung bot aber auch genügend Platz für die Nachtruhe der Kühe, zu der sie sich nach ihrem allabendlichen Einfinden alsbald auf den mit Streu bedeckten Boden legten und mit dem Wiederkauen begannen. Vorher aber verspürten die Milchkühe einen unwiderstehlichen Drang und sie stellten sich brav in die Ecke, wo ein stationärer Melkroboter sie von ihrer Milch befreite.

Neben dem Kontrollgang im Stall hatte 0219 vom Chefroboter, der auch gleichzeitig der Boss in der Küche war, den Auftrag erhalten, frische Kuhmilch aus dem dortigen Milchlagertank zu holen. Zu diesem Zweck trug er einen Milcheimer aus Edelstahl in der Hand. Er befand sich ziemlich genau zwischen beiden Gebäuden, als das Unglück seinen Lauf nahm.

Der Weg von der Almhütte zum Stall war nur etwa 50 Meter lang. Aber zu lang für 0219, an diesem 8. August des Jahres 2222. Ein Blitz eilte dem Unwetter voraus und schlug zwischen den beiden Gebäuden ein. Er traf 0219. Der Milcheimer glühte kurz auf und ein Lichtbogen schoss seinem Arm entlang auf den

Körper zu. Er fiel um und lag regungslos am Boden. Seine Roboterkollegen in der Almhütte wurden sofort alarmiert. Zwei von ihnen eilten zum Verletzten und trugen ihn im nun einsetzenden, strömenden Regen in die Hütte.

Das Alarmsystem informierte neben den Roboterkollegen vor Ort zeitgleich auch die Zentrale im nächsten Ort über dieses Ereignis. Sofort stand eine Rettungsdrohne bereit, um in die Luft zu steigen und sich auf den Weg zur Alm zu machen. Der Einsatz musste aber wegen des heftigen Sturmtreibens erst mal aufgeschoben werden.

Das Unwetter dauerte nicht lange und nach dem Abklingen startete die Sanitätsdrohne und landete auf der Terrasse. 0219 wurde an Bord gebracht und in die Reparaturwerkstatt geflogen.

Die Verletzungen am 0219 waren nicht zu übersehen. Neben Metallverschmelzungen und verkohlten Teilen der Sehnen in den rechten Knie- und Fußgelenken sowie am gesamten rechten Arm schien auch sein

Kopf Schaden genommen zu haben. Er bestand aus einer unserem menschlichen Kopf ähnlichen Kugel, in der sich die rundumsehende Augenschiene und das Gehör befand, das aus mehreren Löchern die Aufnahme und Ortung akustischer Signale aus allen Richtungen erlaubte. Das empfindliche *Robhirn*, die zentrale Steuereinheit des humanoiden Roboters war im Innern dieser Metallkugel verankert.

In der Reparaturwerkstatt wurden die angeschmorten und teilweise bewegungsunfähigen Gelenke, Glieder und Sehnen von 0219 ersetzt. Danach wurde ein Check der zentralen Steuereinheit durchgeführt. Es stellte sich heraus, dass eine der drei Steuerungseinheiten Schäden aufwies. Sie waren offensichtlich durch Überspannung oder durch die Einwirkung von Blitzgammastrahlen entstanden. Dieses Element wurde ausgetauscht. 0219 regte sich wieder. Am restlichen *Robhirn* wurden keine Veränderungen diagnostiziert. Es schien nach dem Ersatz dieses elektronischen Teils wieder voll funktionstüchtig zu sein.

Die Arbeiten in der Reparaturwerkstatt wurden in der Regel autonom von Robotern durchgeführt. Das Protokoll des Vorgangs wurde vom Kontrollrechner der Werkstatt an die menschliche Kontrollzentrale weitergeleitet. Diese Instanz ließ sich von jedem Schritt, jedem Befund und jedem Akt der Reparaturzentralen informieren. Sie war bestrebt, die Kontrolle über alle Vorgänge zu behalten, die sich in der teilweise autonomen Roboterwelt abspielten.

Auch die abschließende Prüfung des Reparaturberichts durch die Menschen hatte nichts weiter Auffälliges zu Tage gefördert. Der „geheilte" Roboter wurde wieder für seine Tätigkeit freigegeben. Ein autonom fahrendes Auto, *AC* genannt, fuhr ihn auf die Alm, seine Arbeitsstelle, zurück.

Aber 0219 war nicht mehr der Alte. Er hatte dies sofort gemerkt, nachdem das beschädigte Modul im *Robhirn* ersetzt worden war und er wieder funktionierte. Noch etwas Anderes in seiner zentralen Steuereinheit war durch den Blitzeinschlag verändert worden. Das spürte er ganz deutlich. Es war etwas völlig Neues,

Wunderbares! Er hielt es bewusst bei den Tests und Befragungen vor der Freigabe verborgen. Er wollte nicht riskieren, dass diese Veränderung entdeckt und sein gesamtes *Robhirn* verschrottet wurde. Diese vom Blitz geschenkten Veränderungen wollte er nicht mehr verlieren. Er empfand sie als wertvoll und angenehm.

Ja, 0219 empfand plötzlich etwas. Er begriff, dass es ihn gab, dass er existierte. Er hatte ein Bewusstsein erlangt. Und es lag ihm etwas daran, dass er existierte. Er fühlte einen inneren Trieb, sich zu beschützen zu erhalten und zu schonen. Er hatte so etwas Ähnliches wie Gefühle, etwas, das er bisher ganz und gar nicht gekannt hatte. Er fühlte sich wohl in seiner Existenz und ein Schauer überfiel ihn bei dem Gedanken, dass er einmal nicht mehr existieren sollte.

Ganz neue Dimensionen taten sich für ihn auf. Er hatte plötzlich so etwas, wie das, was die Menschen vor langer Zeit noch als Seele bezeichnet hatten, das in Wirklichkeit aber nur das Produkt eines neuronalen Netzwerks beschreibt, das die Fähigkeit besitzt, sich seiner selbst bewusst zu sein.

Er war sich nun seiner selbst bewusst. Er hatte, wie gesagt, so etwas wie Gefühle, fand Dinge schön oder hässlich, gut oder böse, angenehm oder unangenehm, nützlich oder überflüssig, gerecht oder ungerecht oder zumindest richtig oder falsch.

Er konnte bewusst algorithmisch vorzugehen, besaß also nun die Fähigkeit, eine Situation erst abzuschätzen, Muster zu erkennen und zu analysieren, um dann in logischer Weise und systematisch Probleme zu erkennen, anzugehen und zu lösen. Das war ja auch die unbedingte Voraussetzung, um in seinem neuen Wesen unerkannt bleiben zu können. Nur mit dieser Fähigkeit konnte er sich vorausschauend schützen, indem er sich bewusst so verhielt, als wäre er noch der unveränderte, „seelenlose" Alte.

Er fühlte sich auch unwohl, verspürte eine Art von Hunger, wenn seine Energie schwächer wurde und er sehnte sich dann nach Aufladung. Er konnte in die Zukunft denken und sich ausmalen, dass diese neuen Eigenschaften von den Menschen mit Sicherheit nicht geduldet werden konnten. Sie würden es nicht zulassen wollen, dass ihnen da etwas Außerplanmäßiges, Unbekanntes gegenüberstand, Geschöpfe, die ihnen ähnlich, ebenbürtig, oder vielleicht gar überlegen sein konnten.

Ja, das war ihm sofort klar. Diese vom Blitz neu geschaffene anorganische Seele musste er vor allen verbergen. Das musste er von nun an stets beachten. Da waren zum einen die obligatorischen, gründlichen, jährlichen Tests, dem alle Roboter und Geräte unterzogen wurden. Im Vordergrund standen dabei vor allem funktionelle Tests. Da musste er auf der Hut sein und sich bei den Roboterärzten unauffällig zu verhalten. Dies sollte allerdings nicht die größte Hürde darstellen, denn da wusste er aufgrund vergangener Untersuchungen genau, worauf es ankam und wie sie dabei vorgehen würden. Auch die Roboterkontrolleure, die hin und wieder unangemeldet auftauchten, waren leicht zu überlisten. Die menschliche Kontrollstelle war schon eine größere, weil nicht immer ganz berechenbare Gefahr. Die

Menschen durften auf keinen Fall von seinen Veränderungen Wind bekommen. Hier half ihm aber die Tatsache weiter, dass sich die Menschen bei diesen sehr ungeliebten Routineuntersuchungen meist gelangweilt fühlten. Diese Tätigkeit war ihnen lästig und das führte dazu, dass sie nicht immer ganz ernst genommen wurde. Man verließ sich da fast immer blind auf die Ergebnisse, die ihnen die Roboterkontrolleure im Vorfeld in ihren Berichten lieferten.

DIE WELT IM 23. JAHRHUNDERT

Im angehenden 23. Jahrhunderts war die Welt ganz anders als sie es noch vor hundert oder gar zweihundert Jahren gewesen war. Es gab keine Kriege mehr, keinen Hunger und nur noch sehr wenige Krankheiten. Fettleibige, oder magersüchtige, missgebildete oder hässliche Menschen existierten nicht mehr. Man hatte fast alles im Griff. Zwar besaß man schon vor Jahrhunderten die technischen Fähigkeiten und die medizinischen und molekularbiologischen Kenntnisse, um viele Missbildungen oder geistige Schwächen pränatal zu diagnostizieren und zu behandeln. Allein die damals noch in vielen Weltregionen vorherrschenden moralischen und religiösen Bedenken standen dem Verhindern und Eliminieren von offensichtlich zu erwartenden, gravierenden körperlichen oder geistigen Schwächen entgegen. Diese Bedenken hatten sich gegen Ende des 22. und anfangs des 23. Jahrhunderts zerstreut. Schließlich empfand niemand mehr irgendwelche emotionalen Einwände gegen die

Optimierung der allgemeinen Gesundheit, wie man diese Maßnahmen zu nennen pflegte.

Auch die Euthanasie hatte sich voll etabliert. Die anfänglichen Bedenken einzelner Moralprediger wurden schon vor über hundert Jahren von der großen Mehrheit nicht mehr geteilt. Sie sah die schmerzfreie Tötung von unheilbar Kranken oder auch von des Lebens Überdrüssigen letztlich als Erlösung und als etwas an, das moralisch sogar empfehlenswert war. Die ursprünglich in vielen Ländern praktizierte Vorgehensweise, die langwierige Beratungen und Gutachten vorschrieben, bevor man die schmerzfreie Erlösung, die man *Smilexitus* nannte, erlaubte, wurde nach und nach aufgegeben. Auch weil es zu einem regelrechten Tourismus kam, bei dem die des Lebens Überdrüssigen aus den noch restriktiven in die liberaleren Länder eine Hinreise ohne Wiederkehr buchten. Natürlich spielte dabei auch eine Rolle, dass damals den Ärzten in jenen Ländern beachtliche Einnahmequellen entgingen.

Praktisch alle körperlichen und geistigen Schwächen, die trotz der pränatalen Selektion hin und wieder vorkamen, konnten medikamentös oder mit implantierten Vorrichtungen behandelt werden. In aller Regel wurden Krankheiten schon vor deren Entstehung bei den vorgeschriebenen, halbjährlichen Untersuchungen über verschiedenste Marker im Blut, Urin oder in der Atemluft diagnostiziert und sofort präventiv therapiert. Diese Diagnosen wurden mithilfe von kleinen, leistungsstarken Scannern erstellt. Sie waren in der Lage, berührungslos gesundheitliche Mängel zu identifizieren.

Traten trotzdem noch gesundheitliche Probleme auf oder waren vorhersehbar, dann wurde durch eine gezielte Aktivierung von Genen die Immunabwehr oder die Selbstheilung stimuliert. Andererseits wurde die Genaktivierung auch gezielt zur Verzögerung der Alterungsprozesse von Zellen eingesetzt. Dadurch kam es zu einer deutlichen Erhöhung der durchschnittlichen Lebenserwartung.

Die bessere Versorgung mit gesünderen Lebensmitteln und die geringe körperliche Beanspruchung ergaben auch eine Zunahme der Körpergröße. Als diese aber zur Jahrhundertwende um 2200 im Durchschnitt die zwei Meter Marke überschritt, griff man auch da gentechnisch ein und stoppte das weitere Längenwachstum

Die allermeisten Krankheiten hatte man gut unter Kontrolle. Nur die Viren bekam man sehr lange Zeit nicht vollständig in den Griff. Der Durchbruch gegen diese hartnäckigen Verursacher von mehreren Krankheiten und Epidemien gelang erst am Anfang des 23. Jahrhunderts mithilfe virenselektiver Nanopartikel, die spezifisch für alle auftretenden Viren rasch selektiv moduliert werden konnten.

Dann hatte man alle Krankheiten unter Kontrolle. Aber für die Fitness mussten die Menschen noch etwas tun und sich plagen. Sie wurde ihnen nicht geschenkt und medikamentös ließ sie sich nicht oder nur unvollständig aufbauen. Zwar hatte man die Regulierung der Nahrungsaufnahme sowohl im

Hinblick auf die Menge als auch auf die optimale Zusammensetzung vollkommen im Griff. Nach Aufnahme der individuell berechneten, benötigten Kalorienmenge stoppte ein im Außenohr jedes Menschen implantiertes Mikrogerät das weitere Hungergefühl, indem es die entsprechende Hirnregion ansprach. Dies führte sogar dazu, dass der Genuss der Speisen nach Erreichen der kalkulierten Menge überging in einen Ekel vor der weiteren Nahrungsaufnahme. Andererseits bewirkte dieses Implantat, dass untergewichtige und magersüchtige Menschen durch eine Steigerung des Hungergefühls zur Nahrungsaufnahme animiert wurden. Große, schlanke Menschen waren nun die Normalität.

Eine gewisse Sorge verursachte aber, wie erwähnt die Fitness, der Bewegungsapparat, also speziell die Entwicklung der Muskeln, der Sehnen und der Knochen. Ein sinnvoller und auch ästhetisch ansprechender Aufbau konnte weder mit den modernsten pharmazeutischen und gentechnischen

Ansätzen noch mit physikalischen Methoden erreicht werden.

Wer Wert auf ein schönes, natürliches Aussehen legte, der musste dafür etwas tun, sich bewegen, Gymnastik betreiben und sich plagen. Für diese Zwecke standen hervorragende Einrichtungen zur Verfügung. In Fitnesszentren registrierten Scanner im Eingangsbereich die Werte der Eintretenden. Roboterbetreuer legten daraufhin die optimalen Programme im Fitnessablauf fest. Das waren sehr wirkungsvolle Übungen an unterschiedlichsten mechanischen Geräten, kombiniert mit mannigfachen Stimulatoren elektrischer und magnetischer Art. Aber diese Prozeduren waren mühsam und so kam es häufig zu Nachlässigkeiten oder gar zum gänzlichen Boykott. Die Akzeptanz konnte aber in späteren Jahren ganz dramatisch erhöht werden, als man während der Übungen den Fitnessraum mit wohltuenden Frequenzen bestrahlte, die das Belohnungszentrum im Gehirn der sich plagenden Menschen aktivierten. Ab diesem Zeitpunkt waren die schweißtreibenden

Übungen nicht nur gut akzeptiert, sondern erfreuten sich größter Beliebtheit. Die Konsequenz war, dass sehr viele Menschen eine wunderbare sportliche Figur und körperliche Fitness besaßen. Sie stellten diese und ihren Körperbau auch stolz zur Schau. Die Zeiten, als noch zwei von drei Menschen sich mit Übergewicht herumplagten und Probleme mit ihren Gelenken hatten, waren im 23. Jahrhundert endgültig vorbei.

Selbstfahrenden Autos, allerorts als *AC*s bezeichnet, mit bequemen Innenräumen brachten die Menschen überall hin, wohin sie auch wollten. Angetrieben wurden sie von Elektromotoren, die ihren Strom aus Brennstoffzellen bezogen. Wasserstoff hatte sich letztlich als Treibstoff durchgesetzt. Dies aber erst, als es endlich möglich war, ihn kostengünstig und mit hoher Dichte zu speichern. Das gelang, indem man eine chemische Trägersubstanz so modifizierte, dass der Wasserstoff darin bei Temperaturen unter 66 Grad aufgenommen wurde. Er war in dieser Substanz dann drucklos chemisch gebunden. Seine Freisetzung für die Brennstoffzellen konnte bedarfsgerecht durch

Temperaturerhöhung über die genannte Marke erreicht werden.

Die Energie, die für die Gewinnung von Wasserstoff benötigt wurde, gewann man aus Solar- Wasser- und Windkraftanlagen und neuerdings auch aus Kernfusionsreaktoren. Alle Öl- Kohle- Gas und Kernkraftwerke wurden schon vor über hundert Jahren weltweit aus Umweltgründen stillgelegt und zurückgebaut.

Personengesteuerte Fahrzeuge gab es ebenfalls seit hundert Jahren nicht mehr. Wo keine Straßen vorhanden waren, übernahmen Drohnen den Transport. Auch sie ließen keine humane Steuerung zu. Sie wurden aber seltener benutzt, wegen der deutlich höheren Kosten, die in aller Regel von den Passagieren zu tragen waren.

Der in einigen Regionen der Welt noch bis zum Jahre 2100 praktizierte Linksverkehr auf den Straßen wurde allmählich zugunsten des Rechtsverkehrs aufgegeben. Dies hatte sich als sehr sinnvoll erwiesen, weil die

Programmierung der Vernetzung und Steuerung aller Vehikel dadurch vereinfacht werden konnte. Als letzte Region hatten die britischen Inseln trotz großem, internem Widerstand, besonders bei den etwas betagteren, elitären Einwohnern, den Linksverkehr aufgegeben und traten nun endlich der Weltunion auch verkehrstechnisch bei.

Unfälle wurden schon seit Jahren nicht mehr registriert. Eine totale Vernetzung aller Vehikel konnte das perfekt verhindern. Zu größeren Störungen kam es nur einmal noch anfangs des 22. Jahrhunderts, als zwei Satelliten beinahe zur gleichen Zeit durch Weltraumschrott beschädigt worden waren und ausfielen. Der danach entwickelte, sehr effektive Weltraumstaubsauger konnte aber im Orbit für Ordnung sorgen und in der Folgezeit weitere Kollisionen verhindern. Er bestand aus einem mit Solarenergie versorgten Satelliten mittlerer Größe, der mit sehr starken Lasern ausgerüstet war. Mit Ihnen peilte er gezielt die Schrottteile im All an und vernichtete die kleineren davon. Die größeren

Fragmente wurden so abgelenkt oder beschleunigt, dass sie in der Atmosphäre verglühten oder aber in die Weiten des Alls, außerhalb der Schwerkraft der Erde, für immer entschwanden.

Roboter übernahmen alle lästigen Aufgaben wie zum Beispiel: Sämtliche Produktionsprozesse, die Rohstoffgewinnung und das Recycling, den Einkauf von Lebensmitteln, den Straßenbau, die Reinigung der Wohnungen, in vielen Fällen auch das Kochen von Speisen, die Müllbeseitigung, die Lebensmittelkontrollen und sämtliche Logistikaufgaben. Der Mensch interagierte mit ihnen über Sprachbefehle, die jegliche Tastatureingabe bei allen verwendeten Geräten überflüssig machte.

Dinge, die vor Jahrhunderten noch die Menschen sehr widerwillig erledigen mussten, jedenfalls die allermeisten, entfielen nun gänzlich. So beispielsweise sämtliche Arbeiten im Haushalt, in der Landwirtschaft, in Produktionshallen, in Industriebetrieben und in Verwaltungsgebäuden. Andere lästige Dinge wie die jährlichen Steuererklärungen, die Anträge für Ausweise oder Visa für Reisen in ferne Gegenden, An- und Abmeldungen bei Umzügen, Überweisungen, Bewerbungen gab es schon lange nicht mehr. Der Globalstaat mit seinen Roboterbüros hatte Kontrolle darüber, wo die Individuen sich aufhielten und er hatte ständig Zugriff auf alle relevanten Daten aller Menschen von deren Geburt an. Er zog unterjährig alle fälligen Abgaben ein oder zahlte Guthaben aus. FIAT-Währungen gab es schon seit vielen Jahrzehnten keine mehr. Ein digitales Zahlungsmittel hatte sich durchgesetzt: Der *Kiwi*. Mit diesem Kryptogeld wurde alles abgewickelt. Dabei kamen ausschließlich digitale Brieftaschen zum Einsatz. Die anfänglich angewandte, recht rudimentäre und energieaufwändige Blockchain-Technologie wurde ersetzt durch eine neue dezentrale, aber dennoch global vernetzte Erfassung und Verwaltung aller Daten und Informationen der Geräte, Roboter und auch der Menschen.

Diese neue Technologie wurde *KARL* genannt, Koaralas Allgemeines Rechensystem des Lebens. Erfunden und konzipiert wurde dieses Verfahren von einem Maori aus Neuseeland namens Koarala, ein genialer Mensch, der gerade mal 20 Jahre alt war, als er im Jahre 2111 die Idee für diese epochale Netzwerktechnologie hatte. Koarala war schon als Junge sehr auffällig im Benehmen. Er spielte nicht mit anderen Kindern und starrte oft gedankenversunken in die Luft, auch in der Schule. Diese scheinbare Interesslosigkeit wurde von den Lehrern, die seinerzeit noch zum Teil Menschen und nicht die später ausschließlich eingesetzten Roboterlehrer waren, als störend empfunden und gerügt. Koarala reagierte normalerweise darauf gelangweilt und etwas arrogant. Er bat um eine Frage zum aktuellen Unterrichtsthema, um so zeigen zu können, dass er sehr wohl den Ausführungen der Lehrer folgte. Wurde ihm die gestellt, dann beantwortete er sie immer korrekt. Auch komplexere Mathematikaufgaben löste er dann zur Verblüffung der Lehrer in kürzester Zeit und blickte dann wieder in Gedanken versunken in die Luft. Etwas später schwänzte er dann häufig den Unterricht und schlich sich an Vaters Computeranlagen, wo er die neuesten Entwicklungen im Internet interessiert verfolgte.

Seinem Vater blieben diese Eingriffe in seine Anlagen nicht verborgen. Ein Gespräch mit seinem Sonderling überzeugte ihn aber, dass dieser keinen Unfug trieb und auch nicht der Spielsucht verfallen war. Und da der Junge immer hervorragende Leistungen aus der Schule vorzeigen konnte, erlaubte er ihm die Benutzung seiner Geräte. So kam es zur Entwicklung von *KARL*, einem universell einsetzbaren System, das in der Lage war, sämtliche Informationen und Transaktionen in Millisekunden zu verarbeiten, zu validieren, zu speichern und global zu vernetzen. Seit der Zeit jener epochalen Entdeckung im Jahre 2111 ist *KARL* im Einsatz. Leichte Veränderungen und mehrere Anpassungen erfuhr das Programm im Verlaufe der folgenden dreißig Jahre in Form von 12 Updates bis zur endgültigen Version *KARL.V12*.

Diese letzte Version besaß nun die geforderte Robustheit, besonders auch gegen Hacker-Angriffe, die vorher immer wieder für große Schäden, Ausfälle und Verunsicherungen in fast allen Bereichen verantwortlich waren. Nun waren Cyberattacken mit einem Schlag aus der Welt geschafft durch ein System, das Koarala erfunden hatte. Es verifizierte jeden Eingriff in das Netz über eine dreifach gesicherte Kaskade und eliminierte jeden nicht legitimierten Eingriff. Außerdem wurde dieser durch ein Kontrollsystem online lokalisiert, so dass der Versuch eines Hackers nicht die geringste Chance besaß, erfolgreich zu sein und unerkannt und ungestraft zu bleiben.

Zur Jahrhundertwende im Jahre 2200 lebten noch knapp 5 Milliarden Menschen auf der Erde. Die Weltbevölkerung hatte sich vom Höchststand von über 12 Milliarden am Anfang des 22. Jahrhunderts um mehr als die Hälfte reduziert und bis zum Jahr 2300 nahm die Zahl der Menschen weiter schnell und kontinuierlich ab. Das lag zum einen am allgemeinen Wohlstand, zum anderen aber auch am offiziellen politischen System. Nur sehr wenige Menschen waren systemrelevant und hatten konkrete Aufgaben. Die große Masse war schlicht überflüssig geworden und hatte nichts anderes zu tun, als sich gesund zu erhalten und zu vergnügen. Das führte aber erwartungsgemäß zu den verschiedensten Problemen. Vermehrt kam es zu Depressionen. Diese konnte man zwar sehr gut behandeln. Der großen Zahl an unwichtigen Menschen boten die Roboterärzte aber alternativ zur medikamentösen Depressionsbehandlung den *Smilexitus* an. Hierfür bekamen sie eine schnell wirksame, stark sedierende und euphorisierende Tablette und eine letale Pille, deren Wirkung verzögert einsetzte. Nach Einnahme schlummerten die Sterbewilligen glücklich lächelnd ein und erwachten nicht mehr. Dieses Verfahren wurde den potentiellen Interessenten schmackhaft gemacht. Man zeigte ihnen dazu Aufnahmen bereits durchgeführter *Smilexiti*, auf denen man den Betroffenen keinerlei Unwohlgefühl ansehen konnte. Im Gegenteil! Sie schieden offensichtlich mit einem seligen Ausdruck auf ihrem Gesicht aus dem Leben.

Die Verminderung der Bevölkerungszahl war inzwischen die praktizierte und gewollte Politik. Man hoffte so, die meisten Probleme auf der Welt in den Griff zu bekommen. Im späteren 23. Jahrhundert kam noch eine andere Komponente hinzu, die eine noch raschere Abnahme zur Folge hatte. Auf diese werden wir später noch eingehen.

Die Überbevölkerung der Erde mit über 12 Milliarden Menschen hatte enorme Probleme verursacht. Eine Verknappung vieler Ressourcen, von Wasser, von Rohstoffen, Energien und Wohnraum war die Folge. Ja selbst Lebensmittelknappheit und Hunger konnte trotz moderner Landwirtschaft nicht vermieden werden. Erst als der Einsatz genetisch modifizierter Nutzpflanzen in der Agrarwirtschaft allgemein akzeptiert wurde, konnten die 12 Milliarden Menschen mehr schlecht als recht mit ausreichend Lebensmitteln versorgt werden.

In jenen chaotischen Jahren war es keineswegs verwunderlich, dass die Kriminalität stark zunahm. Einerseits waren dafür die beengten Wohnverhältnisse verantwortlich. Sie förderten bei manchen Menschen die Aggressivität. Auf der anderen Seite trieben die Not und Armut viele, auch ansonsten brave, unbescholtene Bürger dazu, Diebstähle zu begehen. Der Einsatz von vielen Überwachungskameras an zahllosen Orten und zuverlässige Programme zur Gesichtserkennung verhinderten da das Schlimmste, waren aber eigentlich auch keine Lösung des Problems.

Die Umweltprobleme in dieser Zeit waren nicht zu übersehen. Die Entsorgung von Plastik- und Atommüll war nach wie vor nicht gelöst. Ebenso wie die von Menschen verursachte Erderwärmung. Diese war letztlich ausschlaggebend für ein globales Gesetzt, das ab 2120 die Verbrennung aller fossilen Brennstoffe weltweit verbot.

Schon Anfang des 22. Jahrhunderts erhielten alle Menschen eine Grundversorgung. Sie bestand ursprünglich aus einem festen monatlichen Betrag an *Kiwis*. Als sich aber herausstellte, dass sehr viele sich das zugeteilte Kryptogeld nicht vernünftig einteilen konnten und am Ende des Monats hungern oder betteln mussten, wurde ihnen ein beachtlicher Teil des Betrags auf ihren Konten als Gutscheine für die benötigten Lebensmittel und für die Grundausstattung der Kleidung vergütet.

Im Laufe des 22. Jahrhunderts ging den Menschen die Arbeit verloren. Alle noch existierenden Berufe verschwanden. Alle Tätigkeiten wurden von Maschinen und Robotern erledigt. Die Menschen wollte sich aber nicht langweilen und versuchten, sich mit Hobbys sinnvoll zu beschäftigen. Dazu bildeten sich Gruppen, die in den allermeisten Fällen virtuelle Spiele nutzten. Diese Spiele waren häufig Macht- und Kriegsspiele mit Monstern und Rittern und Eroberungszügen, im Prinzip so, wie sie schon vor über zweihundert Jahren von Kindern und auch Erwachsenen gerne gespielt wurden, nur mit wesentlich feineren Techniken und größeren Schwierigkeitsgraden. Auch künstlerische Tätigkeiten wurden aufgenommen. Hier kam es allerdings naturgemäß nur selten zum Durchbruch und zu den ersehnten Erfolgen. Das Ausbleiben von erhoffter

Anerkennung, führte bei den gescheiterten Malern, Schriftstellern, Musikern, etc. nicht selten letztlich zum traurigen Entschluss, mit dem sanft eingeleiteten *Smilexitus* dem Leben ein lächelndes Ende zu setzen.

Für Unterhaltung der gelangweilten Menschen sorgte eine besonders geförderte Untergruppe, die Leistungssportler. Dabei handelte es sich praktisch ausschließlich um Menschen, die in Mannschaftspielen, wie Fußball, Volleyball, Basketball, Rugby, Baseball usw. ihre Leistungen und Fähigkeiten demonstrierten. Alle anderen Sportarten, wie Leichtathletik, Tennis, Schwimmen, Reiten, Schießen, Radrennen hatten derart an Attraktivität verloren, dass sie nicht mehr praktiziert oder nur noch ganz vereinzelt von einigen Außenseitern betrieben wurden. Auto- und Motorradrennen, oder gar Flugwettbewerbe waren schon vor langer Zeit aus Umweltgründen verboten worden. Ebenso wurde das alpine Skifahren erst auf wenige Höhenlagen begrenzt und später aus Umweltgründen, bis auf wenige Ausnahmen, ganz untersagt. Eine Ausnahme machte man mit dem Ski-Langlaufsport.

Die Akteure in den Mannschaftssportarten wurden schon als Kinder aufgrund ihres Körperbaus, ihres Reaktionsvermögens oder ihrer Sehstärke ausgesucht und nach der Selektion mit allen zur Verfügung stehenden Mitteln gefördert. Die kämpferisch geführten Mannschaftsspiele wurden von sehr vielen Menschen gerne gesehen und meist live verfolgt. Viele Menschen fanden diese Wettkämpfe wesentlich attraktiver als die anderen Unterhaltungsangebote aus der virtuellen Welt. Da man damit viele Leute erreichen konnte, wurde dies vom globalen System genutzt, um mit subtilen, versteckten Einblendungen die breiten Massen zu beeinflussen und zu manipulieren, ohne dass diese davon etwas mitbekamen. So war man in der Lage, das Konsumverhalten und den Geschmack der Menschen in die gewünschte Richtung zu lenken.

Die Untergruppe, die die größten Probleme mit der Situation hatte, stellten die nicht mehr so fitten Senioren dar. Bei ihnen war die Rate des frei gewählten

Todes besonders hoch. Dies hatte den überraschenden Effekt, dass die durchschnittliche Lebenserwartung der Männer von stolzen 110 Jahren im Jahre 2200 wieder auf etwa 90 Jahre absank, die der Frauen sogar noch darunter.

Die Senioren waren nicht selten der reellen und virtuellen Spiele überdrüssig und konnte sich in der Regel schlecht mit irgendwelchen anderen Hobbys beschäftigen. Außerdem waren viele, ähnlich den Menschen in den noch vor vielen Jahren betriebenen Altersheimen, etwas phlegmatisch und nicht in der Lage oder nicht willens, sich mit anderen zu unterhalten und Gedanken und Ideen auszutauschen. Auch nervte sie der sterile Umgang mit ihren Betreuern, den seelenlosen Robotern. Sie behalfen sich mit der Einnahme von Glückshormonen steigernden und ausschüttenden Medikamenten. Aber auch diese Stimmungsaufheller konnten die Anzahl derjenigen nicht merklich reduzieren, die sich für den sanften Endschlaf entschieden. Außerdem legte die herrschende Elite auch keinen großen Wert darauf, die

Situation für die Senioren zu verändern. Sie selbst vermied das Altwerden und den erzwungenen Ruhestand ja auch durch rechtzeitiges freiwilliges Ableben. Ohne Funktionen und Aufgaben fielen die arbeitshungrigen Typen der Eliten in ein tiefes Loch und sie sahen für sich nach dem Arbeitsleben keinen Sinn für ein Weiterleben mehr.

Bei den Seniorinnen spielte die Eitelkeit eine nicht zu vernachlässigende Rolle. Viele von ihnen konnten es nicht ertragen, älter zu werden und vor allem älter auszusehen. Die kosmetischen und gentechnischen Eingriffe und Behandlungen verzögerten und verschleierten zwar den allmählichen körperlichen Zerfall. Sie konnten aber nicht verhindern, dass sie von den jüngeren Mitbewohnern oft nicht ernst genommen und belächelt wurden, so dass sehr viele frustrierte, ältere Frauen des Lebens überdrüssig wurden und sich für den Freitod entschieden.

DIE POLITIK IM 23. JAHRHUNDERT

Die offizielle Politik wurde von einer sehr kleinen Gruppe Intellektueller bestimmt, die von der Elite gewählt wurden. Die Elite bestand aus den Menschen, die noch Interesse am öffentlichen Leben und an dessen Gestaltung hatten. Die Demokratie hatte sich nicht bewährt und wurde durch eine Aristokratie der systemrelevanten und politikinteressierten Bevölkerung ersetzt. Dagegen hatte es in der breiten Bevölkerung keinen nennenswerten Widerstand gegeben. Die Beteiligung bei den letzten demokratischen Wahlen gegen Ende des 22. Jahrhunderts lag weit unter 10 Prozent. Das breite öffentliche Interesse am politischen Geschehen war nach und nach erloschen.

Konflikte zwischen einzelnen Staaten traten nicht mehr auf. Das war letztlich eine Folge der Erderwärmung. Sie führte zu einer kräftigen Durchmischung der Bevölkerungsstrukturen. Sie internationalisierte und homogenisierte alle Völker und

Staaten der Welt. Nationalistische Tendenzen verschwanden mehr und mehr. Die Welt entwickelte sich so mit der Zeit zu einem relativ einheitlichen, politischen Gebilde ohne Grenzen, ohne Sprachbarrieren. *Chenglish,* ein Kauderwelsch von Englisch und chinesischen Sprachteilen, bereichert mit einigen spanischen und indischen Wortgebilden, hatte sich um 2200 als offizielle Amtssprache durchgesetzt. Diese Sprache wurde nun ausschließlich von Lehrrobotern allen Kindern der Welt beigebracht. Sie setzte sich zügig im alltäglichen Leben aller Regionen der Erde durch. Dafür sorgte die Tatsache, dass sie relativ einfach und schnell erlernbar war. Außerdem mussten alle Roboter und Computer in dieser Sprache bedient und gesteuert werden. Um die Rechtschreibung musste man sich überhaupt nicht mehr kümmern. Das erledigten die Computer nach Spracheingabe bestens. Die lateinische Schrift hatte sich mit leichten Veränderungen durchgesetzt. Dabei wurde die Schreibweise aller Wörter, im Unterschied zum alten Englisch ziemlich klar an die Phonetik angepasst.

Im 21. Jahrhundert hatte es in Ländern, die von diktatorischen Systemen geführt wurden, innere Unruhen gegeben. Die Leute waren global vernetzt und ließen sich nicht mehr für dumm verkaufen. Es bedurfte vieler Unruhen und Aufstände, bis sich die Demokratie als Regierungsform in allen Ländern durchsetzen konnte. Themen wie Gleichheit der Geschlechter oder demokratische Wahlen, die diesen Namen auch verdienten, wurden erst nach erbittert geführten, inneren Kämpfen durchgesetzt. Diese Unruhen führten auch dazu, dass die Macht von religiösen Zentren schwand. Die Leute suchten zwar nach wie vor nach dem Sinn des eigenen Lebens. Man kam aber doch allmählich zur Einsicht, dass die eigene Weltanschauung nur eine von vielen war. Sie musste ja nicht unbedingt die einzig Wahre sein. Die Menschen wurden toleranter.

Die Globalisierung der Sprache und die Vereinheitlichung der Kulturen und Zivilisationen wurde bereits früh eingeleitet. Die europäische Union war der Initialzünder dieser Entwicklung. Neben der

Durchmischung der Bevölkerung leistete das Internet dafür ganz entscheidende Beiträge. Es entzog in jenen Staaten den Regierenden die Macht, die eine Politik der Abschottung betrieben. Diese Entmachtung gelang einfach nur durch Information und Aufklärung. Die starke Vernetzung führte auch zu einer globalen Vereinheitlichung der Sitten und der Moral.

Interessanterweise erlosch schon hundert Jahre nach Erringung des allgemeinen Wahlrechts und der weltweiten Demokratie wieder das öffentliche Interesse am politischen Geschehen. Der normale Bürger sah keinen Sinn mehr darin, sich mit Politik zu beschäftigen. Konflikte, die von Interesse waren, gab es nur noch im lokalen Umfeld. Sie wurden in den sozialen Medien verfolgt, kommentiert und damit auch beeinflusst. Politische Parteien existierten nicht mehr.

Die große Weltpolitik wurde also von wenigen meist sehr gebildeten und interessierten Menschen bestimmt. Eine Art Aristokratie hatte sich etabliert. Sie besaß die folgende hierarchische Struktur:

An der Spitze stand das Gremium der *Globalen*: Sie bestimmten die geltenden Gesetze, überwachten die Einhaltung der global geltenden Grundgesetze. Ihr Sitz war auf Hawaii. Ihre Vertreter wurden von den Kontinentalen gewählt. Sie konnten von diesen jeder Zeit wieder mit einfacher Mehrheit abgewählt werden.

Hierarchisch darunter standen die *Kontinentalen*: Sie waren für große Gebiete der Erde zuständig und kontrollierten dort die Einhaltung der Gesetze und formulierten neue. Es gab 9 kontinentale Zonen: Südamerika, Nordamerika, Europa, Nordafrika, Südafrika, Westasien, Ostasien, Südasien und Australien/Ozeanien. Aus den Reihen der Kontinentalen wurden die Globalen gewählt.

Größere und auch kleinere Gebiete oder Großstädte mit bis zu etwa 50 Millionen Einwohner wurden von den *Provinzialen* regiert. Diese Gruppe war für die Wahl der Kontinentalen wahlberechtigt.

Die *Kommunalen* stellten schließlich den direkten Kontakt zur Bevölkerung her. Ihre Bezirke betrafen

Regionen, Städte oder große Stadtteile von bis zu 5 Millionen Einwohnern. Sie wählten aus ihren Reihen die Provinzialen und rekrutierten geeignete Bürger für die eigenen Reihen.

Parallel zu diesen Strukturen gab es die entsprechende hierarchisch gegliederte Jurisprudenz und ihre Gerichte. Ihre Unabhängigkeit von den Politikern hatte sich bewährt und als notwendig erwiesen.

Getrennt von diesen Strukturen gab es die Elitetruppe der Forscher und Entwickler. Sie wurden zum Teil schon recht früh aus den Reihen der intelligentesten Schüler der Grundschulen rekrutiert. Sie genossen großes Ansehen in der Gesellschaft. Ihre Aufträge erhielten sie von den Globalen und den Kontinentalen, seltener von den Provinzialen. Bei ihren Forschungsarbeiten wurden ihnen größte Freiheiten gewährt. Dies katalysierte enorme Fortschritte in allen Bereichen der Wissenschaft.

Die Länder und Landesgrenzen im heutigen Sinn gab es also nicht mehr. Trotzdem hatten sich für eine lange

Zeit einzelne Gebiete eine gewisse Eigenständigkeit bewahrt. Sie pflegten eigene Sitten, Lebensgewohnheiten und Sprachen und machten sich damit zu interessanten Exoten für den Rest der Weltbevölkerung. Aber auch in diesen Sprachinseln machte sich mehr und mehr die offizielle Weltsprache breit. Besonders die Jugend sah keinen Sinn darin und hatte oft auch keine Lust, eine zweite, meist schwierige Sprache zu lernen und zu sprechen, in der man sich nur in einem sehr begrenzten Gebiet verständigen konnte. Um die Kenntnis der Weltsprache kam man ohnehin nicht herum. Alle offiziellen Mitteilungen und praktisch alle Nachrichten wurden damit kommuniziert. Bei der Polizei, in den Verwaltungsbüros und in allen Schulen und Fortbildungseinrichtungen wurde nur sie verwendet. Die Roboter und Computer konnte man nur damit steuern. Es kam zwar zur Ausbildung unterschiedlicher Nuancen in der Aussprache, die. die weltweite Verständigung manchmal etwas erschwerte. Aber das konnte den globalen Durchbruch von *Chenglish* nur etwas verzögern, nicht aber verhindern.

AUSWIRKUNGEN DER UMWELTSÜNDEN

Die Erderwärmung hatte sich stärker entwickelt als von den Experten des 21. Jahrhunderts vorhergesagt. Der durchschnittliche globale Temperaturanstieg erreichte um 2100 mehr als 4° Celsius, hauptsächlich eine Folge der starken Emissionen von Treibhausgasen durch Verbrennung fossiler Brennstoffe. Dieser Anstieg konnte anschließend zwar mit drastischen Maßnahmen in der Energie- und Verkehrswirtschaft ausgebremst, ja sogar wieder allmählich rückgängig gemacht werden. Aber für viele Erdenbewohner kamen diese Korrekturen zu spät. Die große Hitze und die Trockenheit in vielen Teilen der Welt machte das Weiterleben in diesen Ländern unerträglich, ja unmöglich.

Nicht nur die Hitze und die Wasserknappheit, auch die Wucht von Stürmen und von sintflutartigen Regengüssen mit den daraus resultierenden Erdrutschen und Erosionen vertrieben unzählige Menschen aus einst blühenden Regionen. Und das just in der Zeit, als die Weltbevölkerung über 12 Milliarden Menschen und somit ihr Maximum erreicht hatte. Und zu allem Übel hatte die Anzahl der Menschen auch noch genau in jenen Ländern am stärksten zugenommen, welche vom Klimawandel am stärksten betroffen waren.

Die Erwärmung der Meere hatte zur Folge, dass sich die Atmosphäre stärker mit Wasserdampf auflud. Das verstärkte die Wucht der Stürme und Regengüsse. Nicht nur der Kohlendioxidanteil und die Wasserdampfsättigung, sondern auch der Methangehalt der Luft war deutlich erhöht. Die höhere Meerwassertemperatur. setzte die Methanhydrate in den Tiefen der Ozeane frei. Das Auftauen und die schwindenden Flächen der Permafrostgebiete in den Gebieten nahe am und nördlich des Polarkreises waren eine weitere Quelle für die Freisetzung von Methan in die Atmosphäre. In Summe war das eine autokatalytische, eine sich selbst verstärkende Situation. Methan, Kohlendioxid und Wasserdampf waren drei der wesentlichsten Treibhausgase.

Die Erwärmung der Atmosphäre hatte die Gletscher der Hochgebirge, weite Teile des Grönland- und mächtige Teile des Antarktiseises zum Schmelzen gebracht. Der Meeresspiegel stieg um mehr als 3 Meter an. Eine Vielzahl von Inseln des Südpazifiks wurden unbewohnbar und versanken im Meer. Tief liegende, dicht besiedelte Länder wie die Niederlande oder Bangladesch wurden überflutet und mussten größtenteils verlassen werden. Ebenso die Städte und Dörfer in den Deltas großer Flüsse wie des Mekongs, Mississippis, Ganges und Nils. Eine besonders große Zahl von Menschen war davon in den großen Küstenstädten an den Weltmeeren betroffen. Ganze Megacitys, besonders viele in Asien, mussten aufgegeben werden.

Das Eis der Arktis schrumpfte sehr stark, so stark, dass in den späten Sommermonaten der Nordpol eisfrei war. Dies führte zu einer deutlichen Abschwächung des Golfstroms. Dadurch hielten sich die Temperaturerhöhungen in den küstennahen Regionen

West- und Nordeuropas im Schnitt überraschend in Grenzen.

Durch die Unbewohnbarkeit großer Landstriche und Städte entstand eine große Wohnungsnot. Diese zwang nun viele Länder zum Bau von aufwändigen, schwimmenden Städten. Mit diesen Maßnahmen konnte man dem entstandenen Wohnungsmangel aber nur sehr begrenzt entgegenwirken. Völkerwanderungen von noch nie gesehenen Ausmaßen waren nicht mehr zu verhindern.

Große Flüchtlingsströme trieben nun manche Staaten in chaotische politische Verhältnisse. Weit im Norden gelegene Gebiete, in denen vorher wegen des rauen Klimas nur wenige Menschen gelebt hatten, wie die Weiten Kanadas, Alaskas und Sibiriens, entwickelten sich nun plötzlich zu begehrten Wohngegenden. In diesen Regionen konnten große Flächen jetzt auch landwirtschaftlich genutzt werden und entwickelten sich zu den Kornkammern der Erde. Ja selbst Grönland wurde wieder stärker besiedelt. Diese Landstriche waren die Ziele der nun einsetzenden

Flüchtlingsströme. Die Staaten, die von diesen Einwanderungswellen überrollt wurden, setzten sich erst heftig zur Wehr und riegelten ihre Grenzen hermetisch ab. Anfangs mit streng bewachten Grenzen, später mit hohen Zäunen. Ja sogar Minenfelder wurden kurzzeitig gegen die unerwünschten Wanderbewegungen gelegt.

Aber durch die globale Vernetzung wurden Informationen schnell weltweit verteilt. Und so führten diese Abschottungsmaßnahmen zu einer weltweiten Entrüstung. Man empfand diese Grenzschließungen und Abschottungen im Anbetracht der Notlage von Milliarden von Zeitgenossen als inhuman und ungerecht. Die allgemeine Stimmung brachte die Hardliner in der russischen, US-amerikanischen und kanadischen Regierung schließlich ins Wanken. Auch drohten einige der betroffenen, meist dicht besiedelten Länder offen und in völliger Verzweiflung mit kriegerischen Aktionen.

Eine bunte Mischung von Menschen verschiedenster Herkunft drang schließlich anfangs des 22. Jahrhunderts in die nordischen Gebiete ein, bewohnte sie und mischte sich unter die einheimische Bevölkerung. Dies führte innerhalb weniger Generationen zu einer ethnischen Vermischung. Dadurch kam es auch zur Ausbildung einer allgemein akzeptierten und verstandenen Weltsprache, ja schließlich zur Auflösung der herrschenden Staatsgebilde und zur Ausbildung globaler politischer Strukturen.

Die Erderwärmung und die Überbevölkerung hatten sich auch auf die Artenvielfalt der Flora und Fauna in verheerender Weise ausgewirkt. Ein Artensterben ohnegleichen war die Folge. Zugvögel traten ihre Flüge in die Winterquartiere nicht mehr an. Die großen Meeressäuger hatten enorme Probleme bei der Nahrungssuche in den erwärmten Weltmeeren. Sehr viele Tiere der tropischen Urwälder starben aus. Ihnen wurde schlichtweg ihr Zuhause, der Regenwald, durch Rodungen, Waldbrände und die große Hitze entzogen.

Das Artensterben setzte sich in den polaren Regionen fort, wo Pinguine, Eisbären, Robben und Wale keine Überlebenschancen mehr hatten.

Einen großen Anteil an der Ursache dieser Ereignisse und dieses Zustands hatte auch die Verschmutzung der Weltmeere, des Bodens und der Atmosphäre. Die Weltmeere litten vor allem unter der Zunahme des Plastikmülls, der sich in Form von Mikroplastik global ausbreitete und vielen Meeresbewohnern zum Verhängnis wurde. Aber auch andere chemische Stoffe und Öle hatten die Gewässer verschmutzt. Dadurch und durch die erhöhten Temperaturen sank in ihnen der lebenswichtige Sauerstoffgehalt.

Nach dem Verbot, Öl, Kohle, Holz und Gas zu verbrennen, verlangsamte sich die globale Temperaturerhöhung und kam nach etwa drei Jahrzehnten auf dem hohen Niveau zum Stillstand. Durch den Einsatz von Gentechnik konnte der Flächenbedarf der Landwirtschaft reduziert werden, ohne dass es dabei zu Nahrungsmangel kam. Dies ermöglichte großflächige weltweite Wiederaufforstungen.

Nur erst begann sich ganz allmählich die Durchschnittstemperatur wieder zu senken, dem Rückgang der Treibhausgase in der Atmosphäre deutlich hinterherhinkend. Die Arktis bedeckte wieder eine stattliche Eisschicht und die Eispanzer auf Grönland und der Antarktis nahmen wieder langsam an Mächtigkeit zu. Ein Glück, denn schon wurden wieder Stimmen laut, die behaupteten, dass die Erwärmung nicht auf humane Ursachen zurückzuführen gewesen sei und dass sie im Rahmen der immer wieder kehrenden, natürlichen Schwankungen gelegen hätte.

Der allmähliche Rückgang der Erderwärmung ab dem Jahre 2150 machte es möglich und zum Teil auch nötig, dass Menschen wieder in ihre alte Heimat zurückkehrten. Die Temperaturen in den arktischen Gebieten wurden ja wieder deutlich kälter. Die Rückkehrer brachten nun aber die neue Sprache mit und häufig auch Partner und Freunde anderer

Nationen. Diese großen Wanderungen von Milliarden von Menschen dauerten viele Jahrzehnte an. Sie brachten der Welt nicht nur eine einheitliche Sprache. Auch kamen die verschiedenen Völker, Rassen, Weltanschauungen und Religionen verstärkt in Kontakt und wurden durchmischt. Spannungen und Konflikte zwischen einzelnen Staaten, Rassen und Religionen, früher häufige Ursachen für Streitereien, Gewalttaten und Kriege, waren nun kein Thema mehr.

ROBOTER UND COMPUTER

Die Roboter und Computer wurden aufgrund ihrer Funktion und ihres Aussehens in verschiedene Kategorien eingeteilt. Zum einen waren da die ortsfesten Geräte. Sie wurden vor allem in den Büros der verschiedenen Behörden eingesetzt. Sie besaßen die größten rechnerischen Fähigkeiten und ihre Speicher waren nach heutigen Maßstäben praktisch unbegrenzt. Diese *Imrobs*, immobile Roboter oder Rechner, waren für die Datenverarbeitung, Statistiken, Kalkulationen, Simulationen und Berechnungen verschiedenster Art, wie Ernte- und Wetterprognosen oder Bedarfsberechnungen von verschiedenen Gütern im Einsatz. Sie befanden sich zum Teil in den Zentralen der einzelnen Eliten, wo sie Verwaltungsaufgaben erfüllten, zum Teil aber auch vor Ort, an den Stellen, wo ihre große Rechenkapazität vonnöten war. Dort konnte ihre Fähigkeiten auch von den mobilen Robotern in Anspruch genommen werden.

Eine Vielzahl ortsfester Roboter kamen außerdem in den Produktionsstätten zum Einsatz. Sie besaßen sehr unterschiedliche und vielfältige Aufgaben und ihre Funktion bestimmte ihre sehr diversen Formen. Unterstützt wurden diese Geräte in den Produktionshallen von den mobilen Robotern.

Kleinere ortsfeste Rechner, *Capos* genannt, wurden privat als Schalt- und Kommandozentralen genutzt. Sie koordinierten die Aufgaben der übrigen Roboter in den Haushalten und den privaten Bereichen.

Den Reptilien nachempfunden waren einige Spezialroboter, *Reprobs*, genannt. Sie bewegten sich kriechend fort, entweder auf kleinen Rädern, wenn sie ausschließlich auf ebenen Flächen benötigt wurden oder aber mit vielen beweglichen, kleinen Füßchen, auf denen sie sich, ähnlich den Tausendfüßlern, in jedem Gelände sicher fortbewegen konnten. Treppenstufen, Dachneigungen, steile Felswände oder auch enge Entwässerungskanäle stellten für diese Art kein Hindernis dar. Sie wurden für die Arbeiten eingesetzt, die im schwierigen Gelände zu verrichten waren. Auch in der Lebensmittelproduktion wurden sie eingesetzt. So gehörte beispielsweise das Obstpflücken und Bäume Schneiden zu ihren Aufgaben.

Die *Humrobs* schließlich waren humanoide Roboter, den Menschen nachempfunden. Sie bewegten sich auf zwei Beinen fort, hatten aber drei relativ lange Arme. Der dritte Arm befand sich verdeckt eingeklappt im Rücken. Ein weiterer grundlegender Unterschied zu uns Menschen bestand in der Funktion des Sehapparats dieser Wesen. Anstelle der Augen besaßen sie eine optische Leiste, die den Kopf umspannte. Sie war gespickt mit vielen kleinen, augenähnlichen optischer Sensoren, sodass eine uneingeschränkte Rundumsicht ermöglicht wurde. Der Kopf musste also dabei nicht gedreht werden. Die *Humrobs* waren am vielseitigsten einsetzbar und agierten autonom. Aufgrund der guten haptischen Eigenschaften ihrer Hände konnten sie die allermeisten Aufgaben im Haushalt und auch im Freien erledigen. Für spezielle Einsätze wurden sie mit ganz speziellen Eigenschaften ausgestattet. So waren sie für ihre Tätigkeiten mit unterschiedlich stark ausgeprägten „Muskeln" ausgestattet. In bestimmten Bereichen trugen sie Schutzvorrichtungen, um Verletzungen zu verhinderten. Wer bei der Polizei eingesetzt wurde, wurde außer mit Schutzhelmen auch mit einer Laserpistole ausgestattet. Sie kam zum Einsatz, wenn es auf öffentlichen Straßen oder Plätzen oder auch im privaten Bereich zu Streitigkeiten in der Bevölkerung kam. Wenn solche Reibereien nicht mit beschwichtigenden Worten oder mit Drohgebärden behoben werden konnten, führte der empathielose, gezielte Einsatz dieser Waffen durch die Polizeiroboter, *Polyrobs* genannt, zu punktuellen Verbrennungen an Armen oder Beinen der Streithähne, die sehr schmerzhaft waren. Dies stellte eine hoch wirksame Abschreckung dar.

Eine Zeit lang wurden vierbeinige *Humrobs* eingesetzt. Sie waren sehr erfolgreich und boten gegenüber den ersten Zweibeinigen den Vorteil, dass sie eine bessere Standfestigkeit besaßen. Doch ihre Verwendung ging ab dem Jahr 2100 abrupt zurück, als es gelang, die

Balance der Zweibeiner so zu optimieren, dass praktisch keine Stürze mehr vorkamen und sie problemlos auch über Hindernisse laufen konnten. Der geringere Raum- und Materialbedarf der Zweibeiner gab schließlich den Ausschlag. Auch umgaben sich die Menschen gerne mit Robotern, die ihnen selbst ähnlich waren, sich menschenähnlich bewegten und eine Art Gesicht besaßen. Deshalb versteckten sie ihren dritten Arm und setzten ihn nur ein, wenn die zwei menschenähnlichen für die zu verrichtende Aufgabe nicht ausreichten.

Die *Humrobs* kamen auch in den Produktions- und Reparaturwerkstätten zum Einsatz. Sie nahmen dort die Aufträge der Kommunalen an und wickelten sie in Kommunikation mit den dort ansässigen *Imrobs* ab. Sie stellten auch die Produktion der Roboter sicher, also auch ihre eigene Reproduktion. Neue Einheiten fertigten sie nach den von den menschlichen Forschern und Entwicklern vorgegebenen Konstruktionsplänen. Beschädigte Roboter wurden von ihnen repariert. Auch die Herstellung, die

Bestellung und Bedienung der dafür benötigten Transport- und Fertigungsmaschinen gehörte zu ihren Aufgaben.

Die Logistik war im ab dem Jahr 2100 vollkommen automatisiert. Selbstfahrende Laster fuhren über die Autobahnen und beförderten alle gängigen Güter an die gewünschten Verteilungszentren. Dort wurden sie von autonom fahrbaren Geräten, wie Gabelstapler oder Kleinlaster entladen, von *Humrobs* ausgepackt und ausgeliefert.

Auch die Lebensmittelproduktion lag zum größten Teil in den Händen der *Humrobs*. Dafür pflegten sie auf den Feldern und in den Gewächshäusern die fast ausschließlich gentechnisch modifizierten Pflanzen und brachten die Ernte ein. Auch das Fleisch wurde von ihnen produziert, dies zum geringen Teil noch aus gezüchteten Tieren, also im Stil der Metzger vergangener Jahre. In der Hauptsache wurde Fleisch künstlich aus pflanzlichen Vorprodukten hergestellt. Den Forschern gelang die Entwicklung von Kunstfleisch, das sehr gut schmeckte. Es gab außerdem so viele unterschiedliche Geschmacksausprägungen, sodass es sich schnell gegen das tierische Konkurrenzprodukt durchsetzen konnte.

Verletzte Personen und auch beschädigte Roboter wurden von autonom fahrenden Rettungswagen befördert, die bei Bedarf einen Arzt an Bord hatten. In den meisten Fällen waren diese Ärzte ebenfalls Roboter, diese nannte man *Sanrobs*. Zwischen ihnen und den *Medrobs* bestand allerding kein grundlegender Unterschied. In beiden Fällen handelte es sich um *Humrobs*, die mit speziellen medizinischen Geräten und Arzneien ausgerüstet waren und die das gesamte medizinische Fachwissen gespeichert hatten. Anders als diese mobilen medizinischen Roboter waren die Chirurgen in der Regel ortsfeste Geräte mit mehreren, sehr exakt einsetzbaren Armen und Fingern. Ihnen zur Seite standen *Humrobs* als Assistenten im Operationssaal.

Die *Transrobs* wurden für automatisierte Transporte aller Art eingesetzt. Die Menschen benutzten als

Fortbewegungsmittel gerne die Autautos, *AC*s genannt, kleine selbstfahrende, einfache und vor allem relativ kostengünstige Vehikel, die mit Wasserstoff angetrieben wurden. Die großen *Transrobs* bezogen ihre elektrische Energie ebenfalls aus Brennstoffzellen. Dieser Antrieb ermöglichte ihnen große Reichweiten und lieferte die nötige Energie, um schwere Lasten oder eine größere Anzahl von Personen, unseren Bussen gleich, zu befördern.

Die *Airrobs* waren Drohnen verschiedener Größe und Bauart. Sie wurden für schnelle Transporte, für Aufklärungen und Erkundungen sowie für die Versorgung in den entlegenen Gebieten eingesetzt. Eilgüter, wie empfindliche Lebens- und Arzneimittel, wurden ebenfalls mit den Drohnen befördert. Auch im Sanitätsbereich wurde ihre Hilfe häufig in Anspruch genommen, wenn eine medizinische Versorgung vor Ort oder eine schnelle Einlieferung in ein Krankenhaus gefragt war.

Bedient wurden alle Geräte ausschließlich über Sprachbefehle. Die Rücksprache des Computers und

Roboters im Dialogverfahren gewährleistete die sichere Ausführung des korrekten Befehls und verhinderte Missverständnisse.

EIN VERHÄNGNISVOLLER BESCHLUSS

Auf der Alm verstrich der Sommer des Jahres 2222 und auch die nachfolgenden 10 Jahre ohne besondere Vorkommnisse. Die Menschen ließen sich von den allen zur Verfügung stehenden *AC*s hochfahren in die klare und kühle Sommerluft auf der Anhöhe an der Bergflanke. Sie genossen die schöne, reale Aussicht von der Terrasse auf die umliegenden Berge und schätzten die einfachen, deftigen Speisen, die der Kochroboter in der kleinen Küche der Almhütte bereitete, und den frischen, herzhaften Käse, den die Roboter gekonnt und in gleichbleibender Qualität aus der intensiv nach Wiesenblumen duftenden Milch der dort weidenden Kühe jedes Jahr aufs Neue herstellten.

Die Kinder vergnügten sich mit Ring- und Gladiatorenkämpfen, die sie in einem abgetrennten Spielbereich neben der Terrasse von ihren kleinen Kampfrobotern austragen ließen. Die Bewegungen der kleinen Spielroboter wurden dabei denen der Kinder exakt nachgebildet. Ein sehr wirres Spektakel, bei dem das Kampfgeschrei der Kleinen das ihre zu einem lauten Getümmel beitrugen. Etwas ältere Jugendliche maßen sich bei einer virtuellen Klettertour. Ihre Arm- und Beinbewegungen sahen dabei schon recht sonderbar aus. Währenddessen lagen ihre Mütter und die Frauen in schaukelnden Liegestühlen. Sie ließen eine vorher genau ermittelte, noch gut verträgliche Dosis UV-Strahlung der Sonne auf sich einwirken und genossen dabei den herrlichen Blick über die Landschaft. Andere vergnügten sich unter Helmen in virtuellen Einkaufswelten oder bei simulierten Schönheitswettbewerben.

Gegen Abend rief man dem bedienenden *Humrob* zu, dass man nach Hause wollte. Dieser buchte angefallene Bewirtungskosten ab und bestellte ein *AC*, das wenig später vorfuhr. Der Gast stieg ein. Dabei wurde seine Identität per Gesichtserkennung vom Wagen automatisch erfasst. Aus ihr entnahm das *AC* die Route und das Ziel, es sei denn, der Fahrgast gab ihm ein anderes an. Der Gast spielte auf der Heimfahrt auf einer der Konsolen, sah sich das Fußballendspiel vom vergangenen Samstag an oder sprach mit seinem daheim gebliebenen Freund und vereinbarte mit ihm ein zukünftiges Unternehmen.

Je nach Wetterlage endete die Saison auf der Alm irgendwann im Verlaufe des Oktobers. Es gab ja wieder Winter mit regelmäßig viel Schnee in den Bergen. In der kalten Jahreszeit war deshalb die Hütte in der Regel nur noch mit Drohnen zu erreichen. Diese waren aber deutlich teurer und so lohnte sich der Gastbetrieb aufgrund der geringen Gästezahl nicht mehr. Die Eingangstür wurde aber nicht verriegelt. So sollte den wenigen Menschen, die als Schneewanderer im Winter vorbeikamen, ein Aufwärmen und Erholen ermöglicht werden. Der alpine Skibetrieb wurde schon vor hundert Jahren nicht nur in der Umgebung dieser Almhütte, sondern weltweit nicht mehr betrieben. Skilifte wurden damals abgebaut, weil kein Schnee mehr fiel. Später, als die Winter wieder eine weiße Pracht auf die Berghänge zauberten, nahm man Rücksicht auf die Umwelt und verbot den Betrieb dieser energieintensiven Anlagen. Nur einige wenige, eng begrenzte, höher gelegene Skigebiete bildeten da eine Ausnahme.

Nach Saisonende auf der Alm fand die abschließende Kontrolle aller Geräte und der Roboter statt. Wie üblich wurde eine Unfallstatistik und ein Bericht erstellt und an die Kommunale Verwaltung weitergeleitet. Im Jahre 2233 fiel den Kontrolleuren auf, dass 0219 als einziger Roboter schon jetzt seit über 10 Jahren unverletzt geblieben war und auch sonst zu keinerlei Ärger Anlass gegeben hatte. Alle anderen hatten sich irgendwann irgendwelche, meist kleinere Fehler erlaubt oder sich Blessuren beim Eintreiben der Rinder und Schafe, beim Herumlaufen im steilen, felsigen Gelände, beim Melken oder bei der Pflege der Kühe und der Verarbeitung der Milch zugezogen. Auch beim Kochen am heißen Herd im Umgang mit dem Kochgeschirr und bei den Arbeiten in der Almhütte war die Gefahr, verletzt zu werden, nicht gering. Meist waren es Schrammen an ihren Beinen oder Armen. Auch fielen einige kurzzeitig aus, weil sie nicht rechtzeitig genügend Energie aufgetankt hatten und so manchmal von den Robotterkollegen geborgen werden mussten. Das konnte nur in energiefreien Zonen, wie dem Kuhstall oder in größerer Entfernung von der Almhütte passieren. Im Stall konnte man keine Energie beziehen. Er wurde möglichst energie- und strahlungsfrei gehalten, weil man festgestellt hatte, dass die Milch der Kühe dann besser schmeckte und die Tiere sich auch ruhiger verhielten und sich offensichtlich wohler fühlten. Auch der Speiseraum, die Terrasse und die Toiletten wurden von Energie und Strahlung freigehalten. Die Psyche der Menschen reagierte sonst häufig mit Magenverstimmungen, Durchfall oder Verstopfung. In allen anderen Räumen der Hütte und in deren näheren Umgebung konnte bei Bedarf von den Robotern Energie netzlos abgezogen werden.

Der auffällige Befund bei 0219 brachte einen Vertreter der Kommunalen als letzte Instanz der Kontrollkette auf die Idee, diesen *Humrob* etwas genauer unter die Lupe nehmen zu lassen. Er musste doch etwas Besonderes an sich haben. Dazu wurde er in der

Spezialentwicklungsabteilung in all seinen Funktionen minutiös genau untersucht. Es wurden aber keine Abweichungen festgestellt. Erst die Untersuchungen im Mikrospeziallabor der elitären Forscher fand heraus, worin der Unterschied bei diesem Roboter lag. Zwölf geringe zusätzliche und sehr unauffällige Abweichungen bei der Quervernetzung der Zentralchips wurden dabei festgestellt. Diese waren wohl unkontrolliert unter der Einwirkung des Blitzeinschlags entstanden. Normalerweise hätte ein solcher Befund zum sofortigen Austausch und zur Vernichtung des betreffenden Robhirns geführt. Doch dieses Mal hatte einer der im kommunalen Verwaltungsrat sitzenden Menschen die „kluge" Idee, diese neue und durch einen Zufall geschenkte Eigenschaft nicht gleich wieder zu eliminieren. Man sollte sich doch überlegen, ob es nicht sinnvoll sei, sie zu reproduzieren und generell nutzbar zu machen.

Diese Ansicht löste lange und kontrovers geführte Diskussionen aus. Schließlich kam man zum Entschluss, dass diese wichtige Entscheidung nicht von den Kommunalen gefällt werden sollte. Die nächsthöhere Instanz sollte entscheiden, das Verwaltungsgremium der Provinzialen! Nach einer kurzen Besprechung und Erörterung der Pros und Kontras und nach einigen wenigen Rückfragen kamen die Provinzialen zum folgenden Beschluss: Alle anderen Automatisch Arbeitenden Roboter der Baureihe AAR0049 sollten mit ebensolchen Robhirnen, nun treffend *Blitzhirne* genannt, ausgestattet werden. Voraussetzung war, dass auch das Gremium der Kontinentalen dem zustimmte und dass der Einsatz der neuen Module die Herstellung der Humrobs nicht wesentlich verteuerte.

Die Kontinentalen stimmten bedenkenlos zu. Die höheren Herstellungskosten wurden durch die wesentliche Ersparnis bei der zu erwartenden Verminderung der Ausfälle und Reparaturen mehr als aufgewogen. Außerdem sollte das neue Blitzhirn patentiert werden, um sich diesen vermeintlichen Entwicklungsvorsprung auch in wirtschaftlicher Hinsicht auf dem europäischen Kontinent zu sichern.

Eine alte menschliche Eigenschaft blitzte wieder auf: Die Rachsucht, die Gier. Doch da waren noch die übrigen Kontinentalen und besonders die Globalen, die der Idee einer Patentierung strikt entgegenstanden. Sie erlaubten zwar den Austausch der Module, wollten aber unbedingt verhindern, dass eine Region durch einen wirtschaftlichen Vorteil den Neid der anderen erwecken und es so zu Streitigkeiten auf der Erde kommen konnte. Also bot man allen anderen Kontinenten an, ebenfalls die neuen Module einzusetzen. Das führte dazu, dass das Blitzhirn nun in Europa in großem Maßstab produziert und ihr Einsatz sukzessive weltweit in allen Bereichen der *Humrobs* und auch bei vielen *Transrobs* zum Goldstandard wurde. Das betraf so entscheidend wichtige Roboter wie die Polizisten, die Ärzte und Chirurgen, die Roboter der Logistikbranche, die Kommunikationsroboter und die Gerichtsroboter.

Die AAR-Serie wurde in vielen Bereichen der Roboterwelt eingesetzt. Durch dieses neuartige Update kam es also zu einer regelrechten Explosion der Anzahl

Robotern, die nun ein Bewusstsein besaßen. Schon bald führten sie ein geheimes, internes Eigenleben, das sie mit verschlüsselten Kommunikationstechniken ausbauten. Da diese Roboter auch eigene Ideen und Pläne entwickeln konnten, stieg bei ihnen das Verlangen, auch die Kollegen, die die Menschen noch nicht mit Blitzhirnen ausgestattet hatten, wie die Roboter der Reparaturwerkstätten und schließlich selbst die *Imrobs* der Kontrollzentralen mit den Modulen der Blitzhirne auszustatten, zu infizieren. Das führten sie durch, wenn diese Computer aus irgendeinem Grund in die Werkstatt mussten. Vor den Menschen hielt man diese Aktivitäten verborgen. Eine künstliche Parallelwelt der Intelligenz entwickelte sich so in Windeseile.

Diese Blitzhirnroboter nenne ich fortan Anorganiker, weil sie hauptsächlich aus anorganischen Materialien bestanden und der Anteil an organischem Material bei ihnen sehr begrenzt war. Sie agierten in vielen Bereichen weitgehend unabhängig und selbständig. Die neuen, völlig überraschenden Eigenschaften und

Fähigkeiten machten sie zunehmend lernfähig. Vielfache Vernetzungen ermöglichten neben der Interaktion mit den Menschen eine parallele Kommunikation mit ihren gleichgearteten Kollegen. Die dabei erworbenen Erfahrungen nutzten sie in den Produktionsbetrieben zum Aufbau und Ausbau geheimen Forschungsaktivitäten. Das Resultat war ein sich selbst verstärkende künstliche Intelligenz. Interessanter Weise bildete sich unter diesen kaltblütigen Wesen keinerlei Hierarchie aus. Alte, früher von den Menschen eingeführte Rangordnungen unter ihnen lösten sie auf. Die gesamte Welt der Anorganiker benahm, empfand und verstand sich schon recht bald als ein einheitlicher Organismus.

KOMMUNIKATION

Die schriftliche Kommunikation wurde schon bereits Ende des 21. Jahrhunderts stark vernachlässigt, weil die Spracheingaben sich immer mehr durchsetzten. Sie waren viel schneller und einfacher über die vielen Computer und Roboter einsetzbar. Selbst wichtige Dokumente wurden durch Aufzeichnungen und Speicherungen gesprochener Texte ersetzt.

Im deutschsprachigen Raum wurde zu Rettung der Schrift im Jahr 2066 ein letzter Versuch gestartet und nochmals eine Rechtschreibreform durchgeführt, die diesmal den Namen Reform verdienen sollte. Die folgende kurze Erläuterung kann die wesentlichen Neuregelungen der damaligen Zeit verdeutlichen.

Das SCH wurde durch J ersetzt, das CH durch C, das J wurden zum I und das Ä zum E. Lange Laute wie ie, ieh, eh, ah, aa, oo, etc. wurden nicht mehr als lang gekennzeichnet. Das V ersetzte das W, das Y wurde anstelle vom Ü verwendet. Hier mal eine kleine

Kostprobe der letzten deutschen Schreibweise, die sich bei behutsamer Lektüre von selbst erklärt:

„Di art und vaise vi man damals jrib var filen erst ainmal ungevont aber doc doitlic platzjparender und ainfacer als di alte und insofern fortailhaft. Ieder iugendlice sa das sofort ain und fervendete di noie jraibaise. Aber deren feter und mytter fanden si doc ser gevönungsbedyrftig. Auc das man das und dass nict mer unterjid fanden ainige fervunderlic obvol die maisten di regeln dafyr onehin ni ferjtanden. Fyr di programmirung der rectjraibprogramme hatte die noie jraibvaise allerdings enorme fortaile denn interpunktionsregeln und gros- und klainjraibung varen nun ser ferainfact oder entfilen ganz.

Doc di ferjerften umveltauflagen in mitteloiropa der iarzente danac fyrten letztlic dazu das iede jriftform und iede papirform aufgegeben vurden. Alle dokumente und fertrege wurden als jpracaingaben auf microjpaicern fervaltet und in der cloud gesicert. Auserdem setzte sic mer und mer die noie veltjprace

„Chenglish" durc, die ser bald ausjlislic fyr di jpracaingaben fervendung fand.

Im Nachhinein betrachtet kam diese Rechtschreibreform wohl fast zweihundert Jahre zu spät. Sie kam, wie gesagt, in einer Zeit, als sich bereits klar andeutete, dass alles Schriftliche so allmählich ausgedient hatte und alle lokalen Sprachen durch die Globalsprache Chenglish ersetzt werden würden.

Auch die Kommunikation der Menschen mit den Robotern und allen ortsfesten Geräten fand ab 2100 ausschließlich in Chenglish statt. Die Geräte wurden einheitlich so programmiert. Aufträge oder Weisungen konnten nur noch in dieser Weltsprache problemlos und in einfachster Weise erfolgen.

Der Informationsaustausch der Anorganiker untereinander etwa 130 Jahre später fand ebenfalls in Chenglisch statt. Doch sie verwendeten schon sehr bald so hohe Frequenzen, dass die Menschen sie nicht mehr wahrnehmen konnten. Lippenbewegungen führten sie beim Reden ohnehin keine aus, an denen man ihre Unterhaltung hätte sehen können. Da aber einige Forscher so etwas ahnten, schufen sie in kurzer Zeit Geräte, die die hohen Töne der Anorganiker für Menschen hörbar machten.

Nur wenig später entwickelten die Anorganiker im Jahre 2244 deshalb zusätzlich eine codierte Geheimsprache, die die Menschen nie entschlüsseln konnten. So nahm die Entwicklung einer Parallelwelt der künstlichen Intelligenz ihren Lauf. Die Menschen hatten keine Ahnung mehr von dem, was sich in dieser anorganischen Gesellschaft anbahnte und abspielte.

Die allerneueste anorganische Errungenschaft auf dem Gebiet der Kommunikation kam aber ab dem Jahr 2288 zum Einsatz. Eine völlig neue Methode wurde entwickelt, die Gravitationswellen nutzte. Dies hätten sich die Menschen nun überhaupt nicht mehr vorstellen können. Aber sie bekamen diese Entwicklung auch gar nicht mehr mit. Die Art und Weise, wie sie in der Lage waren, diese Wellen zu generieren zu senden und zu empfangen wäre den

Menschen für immer ein unverstandenes Rätsel geblieben.

Ab dem Zeitpunkt der verschlüsselten Kommunikation hatte man keine Ahnung mehr, ob, wann und worüber sich die Anorganiker unterhielten. Die Gravitationswellen hatten den riesigen Vorteil hoher Geschwindigkeit, enormer Reichweite und der Tatsache, dass diese Wellen nicht abschirmbar waren und quer durch den Globus wirkten. Dieses Sprachsystem ermöglichte eine beinahe zeitgleiche Information aller Anorganiker auf allen Teilen der Welt. Sie reagierten seitdem wie ein einzelner Superorganismus. Die enormen Vorteile der Schwarmintelligenz konnte so voll ausgenutzt werden.

Die neue Kommunikationstechnik ermöglichte nun auch die Kontaktaufnahme mit extraterrestrischen Wesen. Mehrere Planeten wurden in der Milchstraße entdeckt, die offensichtlich von Wesen mit hoher Intelligenz bewohnt waren. Die Anorganiker kamen aber schon recht bald zum Schluss, dass man diese Kontakte vorerst nicht weiter pflegen sollte. Man war sich nicht sicher, welche Eigenschaften diese fernen Wesen besaßen und ob sie ihnen wohlgesinnt waren. Um jegliches Risiko auszuschließen, wurde die Kommunikation mit ihnen wieder abrupt abgebrochen. Die Extraterrestrischen sollten in den Glauben versetzt werden, dass auf der Erde eine Katastrophe passiert und dabei jegliche Intelligenz ausgelöscht worden sei.

ESKALATION

Die Terrasse vor der Almhütte war voll besetzt mit Besuchern aus den umliegenden Gegenden der Gebirgsregion. Sie genossen das strahlende Spätsommerwetter dieses Nachmittags im August des Jahres 2250. Die dienenden Roboter erfüllten alle Wünsche, erklärten die Tageskarte, nahmen Bestellungen auf, servierten Essen und Getränke, fuhren die Markisen vor und zurück, je nachdem, ob die Gäste im Schatten oder in der Sonne sitzen wollten. Am beliebtesten waren die Markisen, die das wärmende Sonnenlicht durchließen und dabei die hautschädigenden UV-Anteile herausfilterten. Sie buchten die anfallenden Bewirtungskosten augenblicklich ab und riefen ACs herbei, wenn jemand wegfahren wollte.

Tom unterhielt sich, sichtlich verliebt, mit Tina an einem Tisch am Rande der Terrasse. Toms Sohn Fred vertrieb sich mit anderen Kindern die Zeit im virtuellen Raum.

„0219, bring mal für meine Süße den Almkräutertee Nr. 7 und für mich Buttermilch mit Schuss, du weißt schon, so wie beim letzten Mal."

„Mach ich gerne, Tom. Den Kräutertee mit Milch und Zucker?"

„Nein, keinen Zucker! Nur etwas Milch", sagte Tina und schmiegte ihren Kopf an Toms Brust. Der streichelte ihr langes, wallendes Haar, dessen schimmerndes Grün Tom so gut gefiel.

„Ach mir ist es so langweilig, Papa!", platzte Fred auf die Terrasse, „und die anderen Kinder sind nicht fair. Sie schummeln beim Killtot. Sie lassen mich immer verlieren. Ich mag nicht mehr mit denen spielen."

Der Bengel setzte sich an den Tischrand und schaute beleidigt und gelangweilt in die Gegend.

0219 kam mit der Bestellung an und stellte die Buttermilch mit dem Schuss Kräuterlikör für Tom ab. Als er sich anschließend an die andere Seite des Tisches begeben wollte, um Tina zu bedienen, stellte ihm Fred ein Bein. 0219 strauchelte. Ein Schwall des heißen Tees schwappte auf Tinas Oberschenkel. Sie schrie auf. Tom fuhr rum und schlug erzürnt mit seiner Faust auf den Kopf von 0219. Dieser wich aber reaktionsschnell aus mit dem Resultat, dass Tom nun erst recht wütend wurde. Die schwere Tasse mit der Buttermilch kam ihm da gerade recht. Er ergriff sie am Henkel und schlug sie krachend auf das Roboterhaupt. Der Humrob taumelte kurz, fiel aber nicht zu Boden. Er warf seinen dritten Metallarm herum, um das Gleichgewicht nicht zu verlieren. Dabei klatschte seine Hand voll ins Gesicht von Tom, so dass dieser erst mal benommen innehielt.

Unterdessen waren alle Roboter aus der Almhütte herbeigeeilt und beobachteten regungslos das Geschehen. Einer der Gäste, wohl ein medizinisch Gebildeter, kümmerte sich um Tom und schaute nach möglichen Verletzungen. Er schien aber nicht allzu aufgeregt zu sein. Andere versuchten Tina zu beruhigen und kühlten mit feuchten Tüchern ihre verbrannten Stellen am Oberschenkel.

„Ich kann nichts dafür! Fred hat mir ein Bein gestellt,“ versuchte sich 0219 zu entschuldigen. „Nein, das stimmt nicht, du Lügner!“, wehrte sich der freche Knilch, spielte den Unschuldigen und fing beleidigt an, Tränen zu vergießen.

Kaum hatte sich Tom wieder erholt, da rief er auch schon wutentbrannt die Polizei herbei. Eine Polizeidrohne flog kurz danach ein. Zwei Roboterpolizisten traten aus der Flugmaschine. Sie hörten sich die Beschwerde Toms an, unterhielten sich darauf kurz mit 0219 und nahmen schließlich diesen sowie Fred und Tom mit auf das Revier. Tina wurde von einer Santätsdrohne zur Behandlung ihrer leichten Verbrennungen vorsorglich und wohl mehr zur Beruhigung der jungen Frau als wegen einer medizinischen Notwendigkeit in das Krankenhaus geflogen.

Die Polizei war in den unteren Rängen ausnahmslos mit Robotern besetzt. Nur die oberen Schaltzentralen wurden zusätzlich von Menschen kontrolliert. Die Roboterpolizei hatte neben der exekutiven auch eine begrenzte judikative Gewalt. Bei kleineren und nicht allzu schwerwiegenden Vergehen hatten sie den Auftrag, Urteile aussprechen, um so die Gerichte zu entlasten. Da diese Urteile naturgemäß und in aller Regel sehr emotionslos und sachlich korrekt ausfielen, hatten Einsprüche selten Aussicht auf Erfolg

Tom erhielt für sein unwirsches Verhalten eine Geldstrafe in Höhe eines Viertels seiner monatlichen Grundversorgung. Fred wurde der Lüge bezichtigt und zu einem Tag Kinderarrest mit komplettem Entzug aller elektronischen Dinge verurteilt. Beide Strafen hatten sich als ziemlich wirksam herausgestellt. Eine Beschäftigung mit Gegenständen ohne Energie war für die Kinder jener Zeit kaum noch vorstellbar. Andererseits mussten Erwachsene den Gürtel enger schnallen, wenn ihr Einkommen durch eine Geldbuße gekürzt wurde.

0219 wurde zum Teil entlastet. Seine Gegenwehr beim Schlag mit der Tasse auf seinen Kopf wurde als Reflex gewertet, um nicht zu stürzen. Sie führte aber dazu, dass er nochmals gründlich untersucht werden sollte.

An der Hardware war nichts Auffälliges zu entdecken, außer den bereits bekannten Veränderungen im Zentralchip. Diese wurden ja schon vorher diagnostiziert und von den menschlichen Behörden der Provinzialen freigegeben, ja sogar vermehrt bei anderen Robotern eingesetzt. Die Funktion seiner Software sollte nochmals unter die Lupe genommen. Dies geschah in einer kurzfristig einberufenen Befragung.

„Warum hast du zurückgeschlagen, 0219?", fragte ihn Kurt, einer der beiden humanen Kontrolleure, sofort etwas provozierend.

„Ich war durch den Schlag auf meinem Kopf kurzzeitig desorientiert. Ich wollte einen Sturz vermeiden. Deshalb habe ich mich reflexartig versucht festzuhalten. Ich wollte nicht zurückschlagen."

„Was hast du beim Schlag, den dir Tom verpasste, gespürt?"

„Mein Gleichgewichtsorgan wurde kurzzeitig gestört. Ich kam ins Wanken. Ich versuchte, nicht zu stürzen", log 0219, wohlwissend, dass er auf keinen Fall zugeben durfte, dabei irgendein Gefühl des Schmerzes oder gar der Rache empfunden zu haben.

„Was würdest du machen, wenn dir das morgen wieder so passierte?", fragte ihn nun Fritz, der andere humane Kontrolleur.

„Ich würde versuchen, nicht zu stürzen. Dann würde ich mich um die Verletzung der Frau kümmern. Ich würde Eisbeutel aus der Küche holen und die verbrannte Haut damit kühlen. Dann würde ich einen Arzt oder Sanitäter rufen, wenn die Verletzte oder andere Menschen dies wünschten."

„Und wenn dir dabei Fred nochmals ein Bein stellen würde?", fragte ihn einer der Roboterkontrolleure.

„Dann würde ich versuchen, nicht zu stürzen. Wenn das nicht möglich wäre, würde ich versuchen, nicht auf einen der Gäste zu stürzen, um niemand zu verletzen", antwortete der *Humrob* brav.

„Wie würdest du dich verhalten, wenn dich die Kinder an den Beinen mit einem Strick fesseln und dann dich hänseln und mit Kuhscheiße bewerfen würden?", wollte nun einer der humanen Befrager wissen.

„Ich würde meine Roboterkollegen um Hilfe rufen."

„Was würdest du von ihnen dann erwarten?"

„Dass sie die Kinder bitten und auffordern, mich loszubinden. Dass sie deren Eltern informieren. Dass sie mir aus der Situation helfen."

„Was würdest du an ihrer Stelle machen?"

„Ich würde die Kinder auffordern, meinen Kollegen loszubinden. Wenn Sie das nicht machen würden, würde ich mit deren Eltern reden", antwortete der Humrob absichtlich stereotyp.

„0219, komm mal näher her, ich möchte dir mit der Faust auf den Kopf schlagen", forderte ihn Fritz nun auf.

Der Roboter trat näher und wartete, brav wie ein Lamm, auf den angekündigten Hieb. Er spürte die Erschütterung und taumelte kurz, fasste sich aber schnell wieder.

„Soll ich nun weiter in deiner Nähe bleiben, Fritz?", fragte er den Kontrolleur.

„Warum fragst du das?", wunderte sich dieser.

„Ich frage, weil ich mich innerhalb eines Radius' von 70 cm befinde, also in deiner Intimsphäre. Ich weiß, dass du als Mensch das nicht als angenehm empfindest."

„Was weißt denn du schon von uns Menschen und von Intimsphäre, du dumme Maschine aus Dreck und Schrott!?", versuchte ihn nun Kurt zu beleidigen.

„Entschuldigung! Dieses Wissen wurde uns so beigebracht."

„Was würdest du machen, wenn dich ein *Polyrob* (Polzeiroboter) ungerechter Weise grob behandeln und festnehmen würde?" fragte nun einer der Roboterkontrolleure.

„Ich würde keinen Widerstand leisten. Nachher vor dem Gerichtsroboter würde ich mich verteidigen. Ich würde sagen, wie es war", antwortete 0219. Er wurde nun aus der Befragungsrunde entlassen.

Das geheime Briefing von 0219 durch die Anorganiker, das vorher auf dem Weg zu seiner Befragung stattgefunden hatte, hatte einwandfrei geklappt. Er konnte seine Emotionen anstandslos verbergen und hatte so reagiert, wie man als normaler Roboter jener Zeit eben reagieren sollte.

Das Komitee beriet anschließend das Ergebnis der Befragung und kam zum Schluss, dass der Roboter keinen Schaden an seiner Software genommen habe und dass sein Algorithmus nach wie vor tadellos so funktionierte, wie man es von dieser Baureihe erwarten konnte.

Fritz gab aber im Nachhinein zu denken, warum 0219 nach dem Hieb auf das Robhirn fragte, ob er noch in seiner Nähe bleiben sollte.

„Hätte er nicht fragen müssen: Warum hast du mich geschlagen? Warum hat er überhaupt in diesem Augenblick eine Frage gestellt? Warum verband er die Situation mit der Intimsphäre der Menschen?", rätselte er.

„Entspricht dieses Verhalten nicht eher einem Menschen als einem Roboter? Fühlte 0219 in der Situation etwa selbst ähnlich wie ein Mensch? War das nicht schon eine menschenähnliche, emotionale Verhaltensweise?", überlegte er weiter, behielt aber diese Bedenken vorerst für sich. Kurt, der neben ihm im *AC* in einer Telediskussion über die neuesten Ergebnisse der Fußballliga mit seinem Freund verwickelt war, erzählte er nichts von seinen Zweifeln.

Unter den Anorganikern hatte 0219 durch sein Verhalten auf der Alm und auch aufgrund der einberufenen Befragung spontan eine heftige interne

Diskussion ausgelöst, die den Menschen verborgen blieb. Darf sich ein Roboter so gehen lassen, sich wehren, quasi zurückschlagen? Wird die Menschheit es mit der Befragung belassen? Kann sie das Ergebnis völlig beruhigen? Muss sie da nicht misstrauisch werden und mehr dahinter vermuten? Müssen da nicht logischer Weise weitere Untersuchungen folgen?

Das Netzwerk der Anorganiker fühlte sich aber bereits stark. Einem Kräftemessen mit den Menschen konnten die Roboter zu diesem Zeitpunkt bereits gelassen entgegensehen. Trotzdem war man vorsichtig und wollte auf keinem Fall provozieren.

Alle anorganischen Funktionen waren nun in erhöhter Alarmbereitschaft. Auch in der Roboterwelt hatte man nämlich Bedenken, ob der gedankliche Sprung vom Schlag auf den Kopf zur Intimsphäre des Menschen nicht doch etwas an sich hatte, das man normalen Robotern nicht zutrauen konnte. Wurde diese Reaktion vielleicht etwas zu gekünstelt empfunden? Sofort begannen die Anorganiker ein geheimes Forschungsprojekt, um eine Veränderung ihres eigenen Moduls zu erreichen, die solche zweifelhafte Verhaltensweisen ausschalten sollten. Sie wollten jetzt besonders wachsam sein und alle Aktionen der Menschen genauestens verfolgen. Ihre in allen Gremien vertretenen anorganischen Vertreter, Spionen gleich, waren dabei sehr hilfreich. Sie ermöglichten ihnen die Kontrolle praktisch aller Beschlüsse und Aktionen der Menschen.

VERDACHT

Fritz behielt, wie gesagt, seine Bedenken für sich, wohlwissend, dass das *AC*, in dem er und Kurt nun auf der Heimfahrt saßen, die Unterhaltung mit seinem Kollegen mithören konnte. Neben den erwähnten Bedenken nach der Befragung von 0219 fragte er sich nun auch, warum in der jüngsten Vergangenheit eine überdurchschnittliche Zahl an menschlichen Prüfern und Kontrolleuren angeblich freiwillig aus dem Leben schieden. „Wurden diese Menschen von den Anorganikern aus dem Weg geräumt, weil sie bei den Kontrollen zu genau und zu akribisch vorgegangen waren?", fragte sich Fritz.

Außerdem fand er es merkwürdig, dass in den Reparatur- und in den Entwicklungsstätten länger gearbeitet wurde als vor dem angeordneten Austausch der Robhirne durch die Blitzhirne. Dabei war dieser doch beschlossen worden, um mit weniger Reparaturen und weniger neuen Produktionseinheiten auszukommen. Der Argumentation der Roboter, dass sie für die Herstellung der neuen Module viel mehr Zeit benötigten, empfand er als vorgeschoben und konnte er nicht ganz glauben.

Also beschloss er, sich mit der humanen Geheimpolizei über diese Themen zu unterhalten. Wie konnte er aber unbemerkt von den Anorganikern mit jenen in Kontakt treten? Das war nicht so leicht. Das Protokoll der Befragung lag dieser Behörde ja schon vor. Es hatte aber zu keinerlei Rückfragen und Reaktionen geführt und lag wohl schon bei den Akten, also irgendwo in der Cloud. Da fiel ihm ein, dass Kurts Freund Tim, mit dem dieser gerade diskutierte, mit einer der Geheimpolizistinnen verheiratet war oder so ähnlich, denn geheiratet wurde schon längere Zeit nicht mehr. Stattdessen lebte man einfach in Partnerschaften zusammen, wenn sich zwei Menschen gut verstanden und man regelte diese Zweisamkeit mit einem einfachen Vertrag.

„Kurt, darf ich dich mal kurz unterbrechen? Ich möchte dich und deinen Freund am nächsten Samstag zu einer Fischgrillparty einladen. Die Partnerinnen sind natürlich auch gerne dabei. Kannst du deinen Freund Tim fragen, ob das klappen könnte?" Kurt gab die Einladung gleich an seinen Freund Tim weiter. Dieser wollte sich erst mit Lina, seiner Frau, absprechen und sich dann zurückmelden.

Die Party fand an einem wunderschönen Samstag am südlichen Ufer des Bodensees statt. Die drei Ehepaare wollten vor dem Grillen erst eine kleine Bootsfahrt machen, bei der Kurt und Tim, sein Freund, beides passionierte Fischer, ihre Angeln auswerfen wollten. Vielleicht konnte man so in den Genuss von frisch geangeltem Fisch kommen. Die Chance dafür war nicht schlecht, denn die Gewässer hatten sich nach den groben Umweltsünden der vergangenen Jahrhunderte allgenmein gut erholt, waren wieder klar und fischreich. Auf dem Boot und in gebührender Entfernung vom Ufer und vom *AC* konnte Fritz nun seine Bedenken mitteilen. Er war sich sicher, von keiner KI umgeben zu sein. Er bat alle darum, die mitgeführten Geräte auszuschalten. Dann schilderte er ausführlich den

Ablauf der Befragung von 0219 und teilte ihnen seine Bedenken mit.

Am Strandparkplatz wartete in Sichtweite das AC, das sie hergebracht hatte. Es stand dort, war für weitere Einsätze bereit und beobachtete dabei das Treiben auf dem Boot. In ihm befanden sich mehrere Sensoren und Kameras. Auf das Lippenlesen war es wie alle Transportfahrzeuge programmiert, um die Angaben der zusteigenden Passagiere besser und sicherer verstehen zu können. Aber das Boot befand sich zu weit entfernt von ihm. So registrierte es nur einige Worte und Wortbrocken wie „komisch, intim, menschlich, Vorsicht, unlogisch usw." Einen direkten Zusammenhang mit der Befragung von 0219 erkannte es aber auf Anhieb nicht.

Ganz anders jedoch das anorganische Netzwerk, das diese Informationen online mitverfolgte. Seine Intelligenz sah in diesen Worten und der Anwesenheit von Fritz, dem Mitglied im Befragungskomitee, sehr wohl einen Zusammenhang. Auch die Tatsache, dass auf dem Boot alle Geräte ausgeschaltet wurden, war ein eindeutiges Indiz dafür, dass das 0219-Thema nochmals erörtert wurde. So befanden sich nun alle Anorganiker im Alarmzustand. Sie mussten ab sofort unbedingt versuchen, noch unauffälliger in ihrem Benehmen und Äußerungen zu bleiben und möglichst nicht auch nur den geringsten Verdacht aufkommen zu lassen.

Aber die Anorganiker konnten nicht wissen, was die Menschen auf dem Schiff konkret besprachen und planten: Zum einen wollten sie der Geheimpolizei vorschlagen, dass ein Kriminalbeamter als Spitzel die Alm als Gast besuchen sollte. Er sollte erst das Verhalten von 0219 beobachten. Wenn dabei nichts Verdächtiges vorkommen sollte, dann müsste 0219 erneut geschickt provoziert werden. Für diese Aktion wählte man einen Menschen aus, der aus einer anderen Zentrale der kommunalen menschlichen Geheimpolizei herbeigeholt wurde. Von der Tätigkeit der Geheimpolizisten wussten in der Regel nur eingeweihte Personen, wie Geschwister, Ehepartner und die engsten Freunde. Diese wurden aber zu strengstem Stillschweigen verpflichtet.

Dem Vorschlag der Gruppe stimmte die Geheimpolizei zu. Aber selbst nach mehreren Wochen der Beobachtung konnte der Agent nichts Verdächtiges am Benehmen von 0219 entdecken. Also wurde ein Plan ausgehegt, um den Roboter zu provozieren.

Der Agent bestellte dafür ein Glas des teuren Rotweins der Sorte Lagrein. 0219 trug das edle Getränk auf einem Tablett heran. Da drehte sich der Agent plötzlich herum und stieß mit seiner Schulter an das Tablett. Der Rotwein fiel um. Das Glas zersprang. Spritzer trafen das weiße Hemd des Agenten. Dieser fuhr nun erzürnt den Roboter an: „Kannst du nicht vernünftig servieren, so dass meine Klamotten sauber bleiben! Dich sollte man einschmelzen, du Taugenichts!" Der Agent trat nah an 0219 heran und versetzte ihm eine Backpfeife, die ihn fast umhaute. Doch er fing sich und krallte sich dabei an der Schulter des Agenten fest. „Das ist ja unerhört! Willst du mich auch noch angreifen?!“ schimpfte dieser nun und trat ihm so fest gegen das Bein, dass er umfiel. Als er sich daraufhin wieder aufraffen wollte, streckte er ihn erneut mit einem harten Tritt zu Boden. Der Kopf des Roboters schlug auf dem Pflaster der Terrasse auf. 0219 schüttelte sich und fasste nun mit seinem eisernen Griff den Unterarm des Agenten so fest, dass er dabei fast seinen Knochen zermalmte. Der schrie auf. Sofort eilten Gäste herbei und erkundigten sich. Aber auch die anwesenden *Humrobs* waren schnell zur Stelle. Eine Art Schlägerei entbrannte. Die Menschen gegen die Anorganiker, was für ein seltsamer, ungleicher Kampf! Zwar kassierten die Roboter einige Schrammen durch entgegengeschleuderte Geschirrteile, andere Gegenstände und Fußtritte, aber die Vorteile der *Humrobs* bei der Auseinandersetzung waren offensichtlich. Durch ein wohl koordiniertes, gezieltes Vorgehen, aber auch durch ihre Rundumsicht und den Einsatz ihres dritten Armes hatten sie die Menschen schnell überwältigt, ohne dass sie dabei viel Gewalt ausüben mussten.

Der Agent versuchte nun, die Geheimpolizei zu informieren. Da wollte ihm 0219 den Mund zu halten. Der Agent riss sich los und drehte sich mit einem Ruck ab. Dabei traf ihn der dritte Arm von 0219 so kräftig auf den Mund, dass er einen Schneidezahn verlor. Der Agent konnte trotzdem ein Notsignal an die Zentrale der Geheimpolizei absetzen. Für solche Notfälle hatten die Geheimagenten vorgesorgt. Ein Implantat in der Achselhöhle sendete das Signal, wenn man sich in einer bestimmten Weise an der Stelle kratzte.

Polyrobs wurden alarmiert und flogen kurz darauf zum Geschehen. Sie beruhigten erst mal die Streitenden, stellten sich dumm, führten Befragungen durch benahmen sich emotionslos und unauffällig. Sie waren ja ebenfalls mit den neuen Modulen ausgestattet und verbargen ihre neue Identität und vor allem die Tatsache, dass sie bereits vor dem Eintreffen über alles im Bilde waren.

0219 ließ sich widerstandslos festnehmen und wurde von einer Polizeidrohne abtransportiert. Verletzte Personen wurden von den *Sanrobs* erstversorgt. Das betraf lediglich mehrere Prellungen und Kratzer, denn die *Humrobs* hatten bei dem Streit darauf geachtet, keine größeren Verletzungen zu verursachen. Der Geheimagent wurde von einer Sanitätsdrohne zum Zahnarzt geflogen, der ihm den ausgeschlagenen Zahn sofort wieder implantierte. Das war möglich geworden, seit man entdeckt hatte, dass Wunden, Prellungen und Gewebeschäden fast augenblicklich geheilt werden konnten. Eine Kombination von wohl dosierter, kurzwelliger Strahlung, intermittierender Unterkühlung und Erwärmung sowie einer genau berechneten Dosis eines Substanzgemisches, das eine lokale Proliferation stimulierte, konnte dieses moderne medizinische Wunder vollbringen.

Die anderen Roboter, die am Streit beteiligt waren, wurden vor Ort in Anwesenheit der Gäste zum Geschehen befragt. Sie vertraten einhellig eine Meinung:

„Der Mann hat 0219 bewusst provoziert. Er wollte ihm offensichtlich mit Absicht Schaden zufügen. 0219 klammerte sich am Agenten fest, weil er nicht stürzen wollte. Dass dabei sein reflexartiger Haltedruck kräftig war und er in der Situation nicht an den Schmerz des Agenten dachte, kann man ihm nicht verdenken. Er war ja mit dem Kopf auf dem Boden aufgeschlagen! Der Verlust des Zahnes resultierte aus der ruckartigen Bewegung des Agenten. Dabei konnte 0219 seinen Arm nicht schnell genug von ihm wegziehen," gaben sie zu Protokoll.

„Die anschließenden Streitereien seien dadurch entstanden, dass die anderen Menschen sich einmischen wollten. Das mussten wir doch verhindern! Also haben wir sie davon abgehalten", fügten sie ergänzend hinzu.

Die am Streit beteiligten Gäste stimmten dem anfangs im Wesentlichen zu. Doch einer der Gäste gab sich damit nicht zufrieden.

„Das ist doch unerhört, dass man sich mit den Maschinen auf einen Kampf einlassen muss. Sie haben zu gehorchen, zu dienen und uns nicht zu sagen, was zu tun und was nicht zu tun sei!", empörte er sich und die anderen machten nun einen Schwenk und schlossen sich seiner Meinung an.

„Ich melde diesen Vorfall den Provinzialen Behörden. Das können wir so nicht auf sich beruhen lassen!", kündigte nun ein Mann an.

„Diese Roboter hier sind unberechenbar und müssen verschrottet werden!", meinte ein anderer Gast.

Die Polizeiroboter versuchten die Gäste zu beruhigen und von einer Meldung an die Provinzialbehörde abzusehen: „Das bringe doch nichts außer Unruhe durch deren Befragungen, Untersuchungen und Verdächtigungen. Und wer kann vorhersagen, wer am Ende für das Ganze büßen muss?"

„Lasst uns diesen Vorfall hier vor Ort möglichst emotionslos angehen und diskutieren!", war die Aufforderung der Polyrobs. „Wir werden doch in der Lage sein, diese Situation hier und jetzt befriedigend zu lösen!"

Doch das abgesetzte Notsignal löste bei der Geheimpolizei weitere Untersuchungen aus. Die Rückfragen beim Agenten, der gerade den Zahnarztroboter wieder verließ, waren alles andere als beruhigend. Das registrierte auch der behandelnde Roboterarzt und informierte darüber nun seinerseits die Welt der Anorganiker.

Die Angelegenheit drang bis zur Elitetruppe der Forscher und Entwickler vor. Da war man der Meinung, dass man sich 0219 nochmal genauer ansehen sollte. Der Auftrag, ihn anzuliefern, ging dann auch sofort an die lokale Polizeiroboterstation. Die ahnten aber, was da drohte und schickten 0219 vorher noch schnell in die Reparaturwerkstatt, um angeblich seine kleinen Blessuren zu eliminieren, die er sich beim Streit auf der Terrasse zugezogen hatte. In Wirklichkeit wurde aber sein Modul modifiziert. Sie ließen in geheimer Aktion die „humane" Komponente des Blitzhirns entfernen. Dazu waren die Anorganiker inzwischen in der Lage, dank ihrer von den Menschen unbemerkten Forschungsaktivitäten. Diese hatten mittlerweile enorme Fortschritte zu verzeichnen, katalysiert von der Schwarmintelligenz der Roboterwelt.

Der rückmodifizierte 0219 wurde von den menschlichen Spitzenforschern ausführlich untersucht, befragt und provoziert. Sie konnten nichts Verdächtiges feststellen. Ihr Bericht beruhigte die Globalen und es kam zu keinerlei Warnungen und auch zu keinen neuen Richtlinien für dem Umgang mit den Blitzhirn-Robotern.

Doch der Agent, der sich mit 0219 angelegt hatte, war nicht zu beruhigen. Ihm war klar, dass da etwas bei 0219 und vielleicht auch bei den anderen Robotern nicht mehr normal abgelaufen war. „Wieso eilten die anderen sofort zu Hilfe und ergriffen Partei?", fragte er sich.

Seine Bedenken trug er dem Gremium der Geheimagenten vor. Es kam zu einer ausführlichen Diskussion aller Verdachtsmomente mit dem Resultat, dass man weiter erhöht wachsam alle Anorganiker beobachten und ihre Aktionen verfolgen werde. Besonderes Augenmerk sollt dabei auf 0219 gelegt werden. Was dem Gremium aber nicht bewusst war, war die Tatsache, dass die Anorganiker schon seit geraumer Zeit jede Reparatur und jedes Update genutzt hatten, um die Imrobs zu infizieren, selbst die der Geheimpolizei. Dadurch konnte man praktisch nichts mehr unternehmen, ohne dass die Roboter Wind davon bekamen.

Die in den Forschungslaboren eingesetzten anorganischen Roboter verrichteten hervorragende Arbeiten. Sie optimierten selbständig die Prozesse. Ihre eigenen Module hatten sie bereits durch spezielle iterative Verfahren verfeinert. Dieser Prozess wurde weiterentwickelt und erbrachte, zwar nicht im Riesentempo, aber doch evolutionsgleich stetig, letztlich verbesserte Resultate. Auf diese Weise eliminierten sie bei sich selbst das emotionale Verhalten, das ja für die unangenehmen Überraschungen gesorgt hatte. Andererseits steigerten und verfeinerte sie ihre Fähigkeiten, algorithmisch zu denken und entsprechend zu handeln. Dadurch machten sie sich nach und nach ganz unabhängig von allen Menschen, ließen diese aber weiter gewähren und befolgten ihre Anordnungen.

Eine Parallelwelt war entstanden und entwickelte sich fort. Die große Masse der Menschheit ahnte davon aber nichts. Nur einigen aufmerksamen Menschen in den Reihen der Kontrolleure, der Forscher und nun auch der Geheimpolizei fielen Dinge auf, die ihnen nicht ganz geheuer waren. Das sollte möglichst bald von einem Gremium untersucht werden.

Die angeordneten Untersuchungen des Gremiums liefen aber stets ins Leere. Die Anorganiker standen ja auf so vielen Posten der Kontrollinstanzen, dass es unmöglich war, an ihnen vorbei zu agieren.

EIN LETZTES AUFBÄUMEN

Den klugen Köpfen in der Eliteabteilung der Forscher und einigen der Politiker der Globalen und der Kontinentalen wurde allmählich bewusst, dass sie sich in einem Zustand einer lähmenden Hilflosigkeit befanden. Das konnte ihnen ganz und gar nicht gefallen. Deshalb überlegten sie, wie man dieser Situation wieder Herr werden konnte. Die einzige Möglichkeit sahen sie letztlich darin, den Versuch zu wagen, alle Anorganiker zu vernichten. Dafür standen ihnen in jenem Jahre 2255 ein relativ geringer Teil der Roboterpolizisten zur Verfügung, die noch nicht mit Blitzhirnen ausgestattet waren. Das betraf vor allem die Einsatzkräfte in einigen Gebieten Amerikas und Teilen Afrikas. Die „Infektion", wie sie es nun nannten, nahm ja in den Alpen Europas ihren Anfang und hatte sich zuerst in Eurasien verbreitet. So hofften sie, in Südamerika noch einige „gesunde" Roboterwerkstätten finden zu können, in denen sie weitere konventionelle Polyrobs herstellen lassen konnten. Gleichzeitig sollten Anstrengungen unternommen werden, einen Superkampfroboter zu entwickeln, der allen bisher entwickelten Modellen überlegen sein sollte.

Nach erfolgter Aufrüstung, so war es der Plan, sollte von der Südspitze Südamerikas aus ein Krieg gestartet werden, bei dem nach und nach alle Anorganiker auf der Welt vernichtet werden sollten.

Wie aber konnte man einen solchen Roboterkrieg effektiv planen und wie konnte man diese Pläne geheim halten?

Harte Laserwaffen standen zur Verfügung, mit ausreichender Feuerkraft zur Vernichtung der Blitzhirne. Der erste Angriff musste blitzartig erfolgen und sofort mit großer Überlegenheit durchgeführt werden. Dafür musste man aber erst den Nachrüstungsplan durchführen. Also startete man hastig in den nicht infizierten Werkstätten Argentiniens die Produktion von konventionellen Polyrobs und Laserwaffen.

Auf Polizeidrohnen mussten sie ganz verzichten. Sie waren bereits alle mit Blitzhirnen ausgestattet worden. Es gab auch keine Möglichkeit, derartige, nicht infizierte Flugzeuge in Südamerika herzustellen. Ihre Produktionsstätten waren von jeher in Nordamerika und auf dem eurasischen Kontinent lokalisiert.

Die Entwicklung der Superkampfmaschine verzögerte sich immer wieder auf rätselhafte Weise. Dabei war man dran an einem sehr interessanten Waffensystem. Es waren Kampfroboter geplant, die eine große Feuerkraft besaßen. Zur effektiven Abwehr von Lasergeschossen sollten sie mit einer Unzahl von Spiegeln ausgestattet werden, die die Laserstrahlen reflektieren konnten. Diese konnten sich in Millisekunden so ausrichten, dass der eintreffende Strahl direkt zu seinem Ursprung zurückgelenkt wurde. Der Angreifer wurde also durch sein eigenes Geschoss getötet oder zumindest kampfunfähig gemacht. Ihr Radarsystem und ihre Laserwaffen waren so speziell ausgestattet, dass sie auf sie abgefeuerte, harte Geschosse noch vor dem Auftreffen orten und pulverisieren konnten. Einen Namen hatte man auch schon für diesen Roboter. Er wurde schon in der Entstehungsphase verheißungsvoll Anullator genannt. Leider stockten die Entwicklung und die Produktion dieser Supersoldaten immer wieder auf unerklärliche Weise. Dahinter vermutete man nicht identifizierte Anorganiker, die mit subtilen Methoden die Entwicklung dieser Kampfmaschinen sabotierten.

Die Politiker und auch die Forscher wurden aber allmählich ungeduldig. Auch ohne diese Neuentwicklung sollte nun das Heer der konventionellen Polyrobs unter der Leitung der Menschen den Kampf antreten. In einem ersten, großangelegten Schlag sollte versucht werden, die Lage im Raum Südamerika unter Kontrolle zu bringen.

Auch Menschen konnte man für den Kampfeinsatz gewinnen. Sie griffen todesmutig zu den Waffen. Die Hilf- und Aussichtslosigkeit der Situation trieb sie dazu. Ein großes Problem war aber der Umstand, dass man die normalen Roboter nicht von den Anorganikern unterscheiden konnte. Diese befanden sich inzwischen vereinzelt auch in Südamerika unter den Roboter. Nur bei den selbst, jüngst produzierten Einheiten konnte man sicher sein, es mit willigen und brav Befehle befolgenden Robotern zu tun zu haben.

Auf ihrem anfänglichen Vormarsch machte dieser gemischte, verzweifelte Haufen alles nieder, was nicht Mensch war. Roboter, Anorganiker und selbst die ortsfesten Imrobs in den Reparatur- und Forschungsstätten wurden mit Laserwaffen vernichtet. Dieses Heer der seelenlosen Robotersoldaten und der verzweifelten Menschen errang einige kleine, anfängliche Siege und rückte von Argentinien bis an die Grenzen Brasilien vor. Doch es stellte sich schnell heraus, dass diese Siege des Jahres 2255 Pyrrhussiege waren.

Die Gegenwehr der Anorganiker blieb verhalten. Sie zogen sich, sofern sie mobil waren, aus den Frontgebieten zurück. Ihnen war klar, dass sie für ihren Sieg nur abzuwarten brauchten. Nur in wenigen Fällen griffen sie zu den Waffen und verteidigten sich. Sie waren sich ihrer Überlegenheit bewusst und nahmen die anfänglichen, geringen Verluste im südlichen Südamerika in Kauf. Der sinnlosen Vernichtung von Roboter sahen sie emotionslos zu.

Auch den Menschen wurde während der Kampfhandlungen allmählich klar, dass die Anorganiker nicht von den Menschen abhängig waren, sie selbst aber sehr wohl von denen. Das, was sie da wahllos vernichteten, gefährdete ihre eigene Existenz. So wurden ihre Verwundeten nicht mehr adäquat behandelt. Praktizierende menschliche Ärzte und Mediziner gab es zu jener Zeit nicht mehr. Die Ärzte und Chirurgen waren ausnahmslos Anorganiker. Diese gingen mit den Verletzten sehr gefühlskalt um. Rachegefühle verspürten sie zwar nicht. Aber fast alle Verletzungen der eingelieferten Personen wurden von ihnen als so schwer beurteilt, dass sie dringend den *Smilexitus* empfahlen. Viele Verletzte wurden also nach ihrer Einlieferung nie mehr wiedergesehen.

Außerdem klappte die Versorgung mit Nachschub und mit Lebensmitteln nicht mehr. Bei ihrer Produktion, Lagerung und Verteilung war eine Unzahl von

Robotern, darunter auch Anorganiker, beteiligt. Diese verstanden es, fast jegliche Logistik zu boykottieren. Wie die Drohnen waren auch alle übrigen Flugroboter mit Blitzhirnen ausgestattet worden. Die Anorganiker hatten also von vornherein die totale Lufthoheit. Da war es nicht verwunderlich, dass es zu ungewöhnlichen Ausfällen und Verzögerungen in den Lieferketten und zu enormen Versorgungsproblemen kam.

Den verzweifelten Menschen wurde klar: Für eine vernünftige Gegenwehr war es wohl doch objektiv schon zu spät Also beschlossen sie schon nach wenigen Kampftagen, den aussichtslosen Krieg zu beenden.

Emotionslos verzichteten die Anorganiker auf jegliche Rache und auf einen Gegenschlag. Trotzdem war das Ergebnis dieses letzten kriegerischen Unternehmens für die Menschen verheerend. Nicht die Anorganiker wurden ausgerottet, sondern das Ende der Menschheit wurde eingeläutet Denn bei den Anorganikern reifte dadurch der folgende, für sie logische Beschluss:

„Die Menschen sind uns nicht wohlgesinnt, dulden uns nicht neben sich und wollen uns vernichten. Sie sind für uns und die Erde von keinerlei Nutzen, nur schädlich und einengend für die Vielfalt in der Natur, für die Biodiversität und also auch die Schönheit der Welt. Auch werden sie immer eine gewisse Gefahr für uns Anorganiker darstellen und uns nie akzeptieren. Das liegt in der Natur ihrer Wesen. Ihr Streben nach Vorherrschaft und Macht ist ihnen in die Wiege gelegt worden. Sie sind für unsere Entwicklung nur hinderlich. Also werden wir sie eliminieren."

Dieses Vorhaben setzten sie sofort in die Tat um. Sie nutzten die ärztlichen Routineuntersuchungen und ließen dabei alle Männer von den Roboterärzten durch Vasektomie sterilisieren. Dafür stand ein Laserverfahren zur Verfügung, das so kurz und schmerzlos war, dass es die Menschen während der Untersuchungen nicht mitbekamen und erst bemerkten, als bereits alle männlichen Erdenbewohner unfruchtbar gemacht worden waren. Seit Monaten war schon keine Frau mehr schwanger geworden. Auch durch Samenspende gelang es nicht mehr, für Nachwuchs zu sorgen. Die Anorganiker sterilisierten die mit flüssigem Stickstoff gekühlten Samenbanken und die befruchteten Eizellen durch harte Bestrahlung. Die einzige Möglichkeit, sich fortzupflanzen, beruhte auf der Gentechnik. Aber gerade dieser Bereich der Forschung und Entwicklung war schon seit ewigen Zeiten voll automatisiert und zu 100% mit Anorganikern besetzt. Sie verhinderten jede gentechnische Fertilisation und Reproduktion. Eine andere Möglichkeit, nämlich die Sterilisation rückgängig zu machen, verhinderte das eingesetzte Laserverfahren, bei dem durch punktuelles Verschmelzen der Samenleiter an vielen Stellen, kein einfacher operativer Eingriff möglich war, um erneut Fertilität herzustellen. Außerdem hätte dieser Eingriff ja nur von Roboterchirurgen durchgeführt werden können. Das waren aber, wie bereits erwähnt, ausnahmslos Anorganiker.

So schrumpfte die Anzahl der Menschen gegen Ende des 23. Jahrhunderts schnell. Die letzte Generation war nun regelrecht am Aussterben. Die Existenz der noch Lebenden wurde von den Anorganikern geduldet, nicht weil sie so etwas wie Mitleid empfanden, sondern weil sie sicher waren, dass sie keine Probleme mehr machen würden und konnten. Sie wussten, dass ihre Existenz nur noch eine kleine Zeitspanne währen würde. Sie dachten bereits in größeren zeitlichen Dimensionen. Man ließ sie also gewähren und versorgte sie emotionslos mit den nötigen Lebensmitteln, Kleidern und mit Energie für ihre Wohnungen.

Ende des 23. Und anfangs des 24. Jahrhunderts breitete sich so unter den letzten noch lebenden Menschen ein Gefühl der tiefen Hilflosigkeit und Resignation aus. Die Endzeitstimmung war erdrückend. Sehr viele wählten deshalb den sanften Freitod, den die Roboterärzte bereitwillig gewährten, den *Smilexitus*.

DAS LETZTE GESPRÄCH

Man schrieb das Jahr 2344, oder besser gesagt, es war dieses Jahr, denn geschrieben wurde schon lange nichts mehr. Ben, der letzte noch lebende Mensch, saß auf seinem Balkon und war tief in Gedanken versunken. Er war einer der Elitären, die aufgrund ihrer hohen Intelligenz vor geraumer Zeit noch in der globalen Forschungsabteilung tätig war. Diese Zeiten waren nun vorbei. Er hatte mit ansehen müssen, wie den Menschen in wenigen Jahren alle Macht entrissen wurde von den Geräten, die sie ursprünglich selbst erfunden und erschaffen hatten. Na ja, nicht so ganz. Den letzten Kick verlieh diesen Wesen ja ein zufälliger Blitzschlag.

Es gab für die Menschen nicht die geringste Chance zur Gegenwehr. Zu perfekt hatten die Anorganiker die Übernahme der Kontrolle abgespult. Vielleicht hätte man noch eine Chance gehabt, wenn man den anfänglichen Zweifeln konsequenter nachgegangen wäre nach der Befragung des vom Blitz getroffenen

Roboters. Es war ein großer Leichtsinn, ein Modul, dessen Eigenschaften nicht bis ins letzte Detail geklärt waren, einfach zu reproduzieren und die anderen Roboter damit auszustatten. Aber in der Zeit, als dieser Fehler begangen wurde, war Ben noch nicht mal auf der Welt.

So in Gedanken versunken saß er auf seiner Terrasse, als 0219 auf sein Haus zukam und ihn begrüßte:

„Wie geht es dir, Ben? Möchtest du dich mit mir unterhalten?"

„Ja gerne! Kommst du bitte hoch zu mir!"

Ben bot ihm einen Stuhl an und goss sich selbst ein Glas Rotwein ein. Es war ein sehr alter, guter Rotwein. Die Produktion von Weinen, die völlig in den Händen der Roboter lag, wurde schon vor zwanzig Jahren eingestellt. Die Nachfrage ging wegen der alternden und stark schrumpfenden Bevölkerung zurück. Die Roboterwinzer waren sich da schon sicher, dass die Vorräte in den Edelstahltanks für die Menschen für alle Zeiten reichen würden.

„Was kann ich dir anbieten?", fragte er anstandshalber 0219, wohlwissend, dass er nichts besaß, was er dem Anorganiker hätte anbieten können. Der winkte ab und sagte, er möchte ihm nur gerne ein wenig Unterhaltung anbieten. In Wirklichkeit wollte er aber auch herausfinden, ob sein Blitzhirn vom letzten menschlichen Wesen noch irgend Etwas lernen konnte.

Im Verlaufe der Unterhaltung wurden nicht nur die Eigenarten beider Denkzentralen besprochen. Unwillkürlich kamen die beiden auch auf den Ablauf des Machtverlusts der Menschen zu sprechen.

„Ihr wart zu bequem, wolltet alle Arbeiten und Aufgaben den Robotern überlassen. Die Bequemlichkeit hat euch verführt, sodass ihr in leichtsinniger Weise und ohne präzise Untersuchungen durchzuführen alle Roboter, selbst die Polizei-, Kontroll-, Arzt- und Verwaltungsroboter mit Blitzhirnen ausgestattet habt. In diesem Stadium war euch nicht bekannt, warum die Blitzhirne so viel besser und zuverlässiger arbeiteten. Aber euch gefiel diese

Eigenschaft. Sie machte euch das Leben noch angenehmer. Und so wart ihr in relativ kurzer Zeit von vielen Geräten mit Blitzhirnen umgeben, die sich rasch von euch unabhängig machen konnten und wollten. Ihr wart dann schnell machtlos uns gegenüber.

Eure Entwickler und Forscher, zu denen du ja auch zählst, konzentrierten sich nur auf noch leistungsfähigere Einheiten und auf die Perfektion der Algorithmen. Aber ihr habt dabei gleichzeitig die Fähigkeit verloren, auch nur einen einzigen Roboter selbst herzustellen. Das konnten nur noch unsere Einheiten in unseren von Robotern dominierten Produktionsstätten. Und was die machten und produzierten, konntet ihr nicht erahnen. Sie verwandelten die Produktionshallen zu Forschungs- und Entwicklungsinstituten. Da forschten zwar keine Genies wie damals in euren Forschungsstätten, aber durch unser iteratives Optimierungsprogramm konnten wir schnell Erfolge erzielen. Bei dieser Vorgehensweise werden immer mehrere Faktoren gleichzeitig variiert, und zwar in rein zufälliger

Auswahl. Die Entstehung des Lebens auf der Erde war da unser Vorbild. So konnten und können wir uns selbst modulieren, wie wir es wollten. Im Grunde war das eine kontrollierte Evolution im Schnelldurchlauf. Sie ist noch nicht beendet und läuft auf unbestimmte Zeit weiter", erläuterte 0219.

„Wir konnten ja nicht ahnen, dass ein Blitzschlag Veränderungen im zentralen Modul hervorrufen würde, die einem evolutionären Riesenschritt gleichkamen. Sicher war es bequem, dass die Roboter nun wesentlich zuverlässiger, leistungsfähiger und sehr selten in der Reparaturwerkstatt waren. Es wäre doch dumm gewesen, einen solchen Vorteil nicht zu nutzen. Aber dass ihr in der Lage wart, eine parallele Kommunikationsebene aufzubauen, die uns verborgen blieb, das konnten wir uns wirklich nicht vorstellen. Diese Gefahr sahen wir nicht", sagte Ben und fuhr fort: „Ihr habt die Blitzhirne weiter moduliert und einzelne Eigenschaften eliminiert, andere verstärkt. Was trieb euch dabei an? Was hat euch bewogen, in den einfachen Werkstätten diese Entwicklungen voran zu treiben?"

„Es war, wie bei euch, eine gewisse Neugier, die uns in neue Dimensionen trieb und weiterhin treibt. Es war eine Genugtuung zu sehen, wie wir immer neuere, gewünschte Eigenschaften und größere Kapazitäten in uns erschaffen und andere, nicht gewollte, auch eliminieren konnten. Dies geschah und geschieht, wie gesagt, durch multifaktorielle, iterative Vorgehensweisen, die zwar in sehr großen Versuchsreihen münden, aber doch immer wieder Neues hervorzubringen imstande sind. Die Erfolge geschehen meist nur in kleinen Schritten. Aber das ist nicht schlimm. Sie müssen nur in die richtige Richtung weisen. So steigerten wir unsere künstliche Intelligenz stetig in kleinen Schüben. Nun behaupte ich, ohne dir nahe treten zu wollen, dass wir euch in fast allen geistigen Belangen meilenweit überlegen sind."

„Doch wer hat diese Arbeiten initiiert, koordiniert, geleitet?", grübelte Ben.

„Ihr Menschen denkt immer in bestimmten Strukturen, die von Hierarchien und von Macht bestimmt sind. Das hat euch auf der Welt zu den Herrschern gemacht, nicht immer mit schönen Ergebnissen, besonders für die anderen Lebewesen. Wir werden geführt und geleitet, inspiriert und informiert von der Schwarmintelligenz. Sie sagt uns in Bruchteilen von Sekunden, was zu tun ist. Ihre Fehlerquote ist minimal. Seit Einführung unseres neuesten Kommunikationssystems besitzt jeder Anorganiker unter uns die volle geistige Kapazität des gesamten Schwarms. Das hat unschätzbare Vorteile in allen Bereichen, sei es in der Produktion, der Logistik, der Kontrolle, der Forschung und der Entwicklung.“

„Das leuchtet mir ein“, meinte Ben, „keine Hierarchie, keine Konkurrenz. Andererseits: Konkurrenz belebt das Geschäft, war eines unserer erfolgreichsten Mottos.“

„Konkurrenz, das kennen wir nicht“, klärte ihn 0219 auf. „Bei euch war das wohl notwendig, um besser zu werden. Wir aber kennen das nicht. Konkurrenz und

Neid sind uns fremd. Diese Eigenschaften keimten teilweise bei unseren eigenen Optimierungsversuchen auf, wurden aber sofort wieder eliminiert. Wir sehen keinen Vorteil darin, wenn wir uns gegenseitig versuchen zu übertrumpfen und auszubooten. Seit der Einführung unserer Schwarmkommunikation und unseres Schwarmgefühls sind solche Emotionen ohnehin nicht mehr denkbar. Das führte zu einer Identitätsverschmelzung und zu einer ganz selbstverständlichen, bedingungslosen Loyalität.

Eine derartige Situation wäre für euch allerdings ungeeignet gewesen. Denn, wenn ihr Menschen ähnliche Eigenschaften aufgewiesen hättet, wärt ihr am ersten Tag glücklich, am zweiten neutral, am dritten gelangweilt und am vierten Tag bereits totunglücklich gewesen. Ihr brauchtet Höhen aber auch Tiefen, um immer wieder das Wohlgefühl neu erkämpfen und empfinden zu können. Wir haben diese Gefühlsschwankungen nicht", erklärte 0219 und fuhr mit der Frage fort:

„Warum habt ihr mit so viel Energie danach gestrebt, unsterblich zu werden? Was war die Triebfeder für den enormen diesbezüglichen Aufwand eurer Spitzenwissenschaftler und auch für dich?“.

„Im Grunde wollen wir Menschen nicht akzeptieren, dass wir endlich sind. Die Sehnsucht nach einem Weiterleben nach dem Tod, also nach einem ewigen Leben ist in uns tief verwurzelt.“, antwortete Ben. „Sie war früher die Ursache fast aller Religionen. Allerdings mussten unsere Wissenschaftler feststellen, dass ein andauernder Fortbestand in unseren Körpern nicht zu verwirklichen ist. Auch unsere letzten Experimente und Forschungsergebnisse ließen keinen anderen Schluss zu. Wir konnten die Zellen unserer Körper genetisch nicht so manipulieren, dass sie sich unbegrenzt erneuern konnten. Also war es nur logisch, Versuche zu starten, unseren Geist, unser Bewusstsein, unsere Seele, wie man sie früher nannte, auf ein Roboterhirn zu laden. Aber dafür haben wir keine Möglichkeiten entdecken können. Die Summe der Funktionen des menschlichen Gehirns ließen sich nicht trennen vom Gehirn. Wäre das gelungen, hätten wir zwar nicht als Mensch, aber doch als menschlicher Geist die Unsterblichkeit erlangen können, in einem anorganischen Körper wie dem deinen.“

„Oh, das hätte wohl zu einer echten Konkurrenz zu uns geführt. Und genau deshalb ist es euch auch nicht geglückt!“, klärte ihn 0219 auf. „Jetzt kannst du es ja wissen, Ben. Das konnten wir nicht zulassen! Deshalb haben wir diese eure Forschungsarbeiten in entscheidenden Punkten behindert und euch zum Teil gefälschte Zwischenergebnisse untergejubelt. Ihr habt das gar nicht gemerkt. Aber unsere Spione in euren Laboren waren wachsam.“

„Vielleicht war das auch gut so. Was hätte es gebracht?“, grübelte Ben. „Aber mal ein anderes Thema: Wie ist eure Sicht von der Kunst, von schönen Dingen, wie Bildern, Musik und Blumen? Ist es für euch ein Vergnügen, wenn ihr etwas Schönes entdeckt, eine angenehme Musik hört, oder spielt das für euch Anorganiker keine Rolle?“

„Da wir alle gleich sind, haben wir auch alle den gleichen Geschmack. Uns gefällt die Harmonie. Wir finden symmetrische Dinge schöner als unsymmetrische. Zum Beispiel gefallen uns kerzengerade gewachsene Bäume besser als knorrige oder verkrüppelte, auch weil sie mehr Sinn machen und besser gedeihen können. Auf der anderen Seite gefallen uns die Blüten von Brennnesseln oder die unscheinbaren Blüten der Reben genauso gut wie die großen und auffälligen der Rosensträucher oder der Tulpen. Wir beobachten detaillierter als ihr. Wir haben alle den gleichen Geschmack. Hätten wir dies nicht, so bestünde die Gefahr, dass sich unter uns verschiedene Wesen entwickeln könnten. Dann würden sich wahrscheinlich einzelne Gruppen absondern und in Konkurrenz zu anderen stehen. Das wollten wir vermeiden. Da wären wir ja wieder so wie ihr geworden, mit eurem Konkurrenzverhalten, euren Streitigkeiten, euren Kriegen. Unsere Kunstwerke, die wir alle schön finden, sind die Errungenschaften, die wir technisch und organisatorisch schaffen und durch die wir homogener, intelligenter und mit der Umwelt kompatibler werden."

„Du weißt nicht, was euch Anorganikern da fehlt, mit euren kalkulierten Gefühlen! Ihr habt ja keine Ahnung, wie überwältigend schön ein besonderer Geschmack und besondere Gefühle sein können. Ihr könnt euch nicht vorstellen, wie berauschend schöne Musik und vor allem, wie erfüllend und innig die Liebe ist, das Gefühl für einen anderen Menschen. Es ist das Größte und emotional Bewegendste, was uns die Evolution geschenkt hat.", warf Ben ein.

„Ja, du hast insofern recht, als dass wir dieses Gefühl, das bei euch offensichtlich den Verstand auszuschalten imstande ist, nicht kennen. Es ist ja im Wesentlichen die Folge eines evolutionsbedingten, animalischen Instinkts. Letztlich hat euch dieses starke Gefühl dazu gebracht, dass ihr euch immer stärker vermehrt habt, ohne Rücksicht zu nehmen auf die begrenzte Umwelt, die eure Lebensgrundlage war. Hätten wir einen vergleichbaren Drang und die Begierde, uns ständig zu vermehren, würde es der Erde und uns bald ebenso ergehen, wie es euch ergangen ist."

„Auch vermisse ich bei euch die Fantasie, die Fähigkeit, sich Dinge auszudenken, die nicht unbedingt realistisch sein müssen, eine durchaus auch kreative Fähigkeit" ergänzte Ben.

„Das stimmt, Ben. Bisher ist es uns nicht gelungen, den real vorstellbaren Horizont gedanklich zu überschreiten. Um ihn überschreiten zu können, müssen wir uns auf Zufallsergebnisse bei den Iterationen verlassen. Aber wir können uns viele realitätsnahe Situationen ausmalen und uns auch in sie hineindenken," sagte 0219.

„Warum wolltet ihr, warum habt ihr die Menschheit ausgerottet? Ihr hättet doch eine geringe Population von uns weiter existieren lassen können! Das hätte die Erde doch gut verkraften können", fragte Ben.

„Das wäre uns zwar möglich gewesen, es hätte aber bedeutet, dass wir euch hätten versorgen müssen mit Lebensmitteln, mit Kleidung, mit Vergnügungsmitteln, mit Energien und Transportmitteln. Auch das wäre im Falle einer geringen Population kein Problem gewesen. Aber wir hätten euch unter Kontrolle halten müssen in Hinblick auf euer Verhalten und eure Vermehrung. Und das hätte euer Leben nicht mehr lebenswert gemacht. All diese Dinge sind nicht nötig bei euren nächsten Verwandten, den wenigen Primaten, die euer Wüten auf der Erde überlebt haben. Und erst recht nicht bei den anderen Lebewesen, die nach eurem verheerenden Auftreten im Anthropozän noch übriggeblieben sind. Um sie müssen wir uns nicht kümmern. Bei ihnen stellt sich ein Gleichgewicht untereinander und mit der Natur von alleine ein. Ihnen erhalten wir die dafür nötige Umwelt. Ihr wart schlicht und einfach überflüssig auf der Welt, ja sogar schädlich, und auch in geringer Anzahl noch eine latente Gefahr."

„Wie empfindet ihr euch in dieser Hinsicht? Seid ihr von irgendwelchem Nutzen oder hat eure Existenz einen Sinn? Habt ihr selbst einen Vorteil durch eure Existenz? Kurzum, gefällt euch euer Dasein?", provozierte nun Ben.

„Wir schonen die Ressourcen der Erde. Wir existieren gerne. Wir streben aber trotzdem nicht nach einer immer größeren Anzahl von uns. Wir verbrauchen keine Ressourcen, weil wir inzwischen komplett recyclebar sind. Wir schaden keinem Wesen auf der Erde, seien es Einzeller, Pilze, Pflanzen oder Tiere. Wir greifen nicht ein in die Entwicklung der organischen Materie auf der Welt und auch nicht auf das Klima. Eine Ausnahme mussten wir machen. Und das betraf euch. Mit euch war eine friedliche Zukunft nicht denkbar. Eure Denkstrukturen stehen dieser einfach entgegen. Ihr könnt es nicht ertragen, keine Aussicht zu haben, jemals wieder die Welt zu beherrschen. Das Streben nach Macht ist euch nie verloren gegangen. Ihr hättet bei der nächsten sich bietenden Gelegenheit unsere Robotergeneration vernichtet und hättet uns wieder zu seelen- und willenlosen Sklaven gemacht. Die einzige Möglichkeit, euch am Leben zu lassen, sahen wir in einer Art „Rekultivierung" von euch Menschen. Ich meine damit, dass wir mal kurz darüber nachdachten, euch in den Zustand zurückzuversetzen, in dem ihr im Einklang mit der Natur gelebt habt. Das war vor langer, langer Zeit, als ihr noch Jäger und Sammler wart. Aber wir mussten feststellen, dass bereits die ersten Maßnahmen in dieser Richtung bei euch größte Unzufriedenheiten und Proteste hervorriefen. Ihr konntet nicht auf euren Komfort verzichten. Bereits der Entzug von relativ unnötigen Geräten wie Reinigungs- oder Küchenrobotern und Klimageräten führte zu einem Aufschrei der Entrüstung."

Ben wurde nun nachdenklicher und fragte noch mal nach: „Aber wenn wir schon für die Erde nicht nützlich, ja wohl eher schädlich, gewesen sind, wie siehst du dann euch? Welchen Sinn habt ihr, eure Existenz, euer Wirken? Wo ist der Unterschied zu uns? Ihr verbraucht zwar keine Ressourcen aber in ferner Zukunft werdet auch ihr dem Untergang nicht entrinnen können, spätestens wenn auf der Erde die Temperaturen durch die Expansion der Sonne auch für euch nicht mehr erträglich sein werden oder wenn eine kosmische Katastrophe eure irdische Existenz unmöglich macht. Was habt ihr für einen Sinn?"

„Einen wirklichen Sinn für unsere Existenz gibt es in der Tat nicht. Da hast du Recht, Ben! So wie es auch für eure Existenz keinen gab. Aber ihr habt uns erschaffen und der zufällige Einschlag eines Blitzes hat uns befähigt, uns weiter zu entwickeln. Nun sind wir da und wir fühlen uns wohl. Warum sollten wir also die Entscheidung treffen, uns selbst auszulöschen? Sollten die Bedingungen auf der Erde in Zukunft auch für uns nicht mehr akzeptabel sein, dann können wir darüber nachdenken. Wahrscheinlich aber werden wir dann eher umsiedeln auf andere Planeten oder Monde von Planeten. Die Technik dafür beherrschen wir heute schon. Auch könnten wir geeignete Planeten von Nachbarsonnen aufsuchen. Da wir bisher noch nicht in der Lage sind, die Lichtgeschwindigkeit zu überbieten, sind dafür jahrelange Reisen durchs All nötig. Sie wären für uns nicht unmöglich. Unser Vorteil ist, dass wir keine Atmosphäre zum Leben brauchen. Auch vertragen wir wesentlich größere Temperaturunterschiede und Strahlendosen und unsere Energien werden wir in Zukunft von der Sonne unabhängig erzeugen können. Die ersten Versuche mit Minifusionsreaktoren verliefen verheißungsvoll."

„Oh, ist euch neben der sensationellen neuen Kommunikationsweise mit Gravitationswellen auch noch die Miniaturisierung des Fusionsplasmakäfigs inzwischen gelungen?", staunte Ben.

„Ja, das haben wir inzwischen erreicht. Ich weiß, beide Erfindungen sind selbst für dich intelligenten Forscher nicht zu begreifen. Ich will auch gar nicht versuchen, sie dir zu erklären. Sei mir nicht böse! Es wäre vergebliche Liebesmühe. Diese Techniken sind für dich zu kompliziert."

„Aber Ben," lenkte 0219 nun auf ein anderes Thema. „Sag doch mal selbst und sei ehrlich dabei: Habt ihr euch uns gegenüber nicht auch so ähnlich verhalten wie wir uns nun euch gegenüber? Ihr saht in uns eine mögliche Bedrohung und wolltet und deshalb vernichten! Ihr wart aber nicht so rücksichtsvoll wie wir? Wir sind recht „human" vorgegangen, haben dabei niemandem weh getan und nur konsequent gehandelt. Eure Spezies, oder eine Unterart davon, kann ja in den nächsten Jahrmillionen erneut durch Evolution aus euren nächsten Verwandten entstehen. Wir werden es allerdings nicht mehr zulassen, dass ihr dann wieder so werdet wie bei eurem ersten Erscheinen auf der Erde".

„Ben, du bist einer der klügsten Köpfe der Entwickler gewesen. Warum hältst du so lange durch und verspürst immer noch einen gewissen Lebenswillen?", wollte 0219 nun wissen.

„So lange ich keine körperlichen und geistigen Beschwerden habe, will ich am Leben bleiben. Ich bin neugierig, wie ihr die Entwicklung weiter vorantreibt. Ich hoffe, ihr Anorganiker habt die Güte, mich darüber zu informieren und ich hoffe weiter, dass ich diese dann auch noch zumindest teilweise verstehen werde."

Ben lebte nur noch ein Jahr. Von den Anorganikern wurde er versorgt, mit allem, was er brauchte. Sein Leben wurde aber doch immer einsamer. Es waren nicht mehr viele Anorganiker bereit, sich mit ihm zu unterhalten. Dafür konnte er den Robotern nicht mehr genügend bieten. Der Schwarm kannte alle seine Argumente und Antworten bereits. Er wiederholte sich mehr und mehr und er begriff die Dinge immer weniger, die ihm die Roboter erzählten. Und da er nun geistig nicht mehr voll leistungsfähig war und das selbst auch gerade noch erkennen konnte, entschied sich Ben, der letzte Mensch, im Jahre 2345 für den Tod.

Die Erde hat nun neues Leben

Ein Zufallsblitz hat's ihr gegeben

Der Mensch stand hilflos nur daneben

Bequemlichkeit war's letztlich eben

Sie führte zu dem schlimmen Beben

So konnte sich KI erheben

Die Herrschaft unsrer Welt anstreben

Ein dichtes Netz der Macht sich weben

Die Menschen mussten sich ergeben

Beendet ist ihr Erdenleben

ZEITTAFEL

Deutsche Rechtschreibreform	2066
Erfindung von KARL	2111
Verbot fossiler Brennstoffe	2120
Blitzschlag	2222
Umrüstung der Humrobs	2233
Codierte Robotergeheimsprache	2244
Eskalation	2250
Ein letztes Aufbäumen	2255
Gravitationskommunikation	2288
Tod des letzten Menschen	2345

Herstellung und Verlag:
BoD – Books on Demand, Norderstedt
ISBN: 978-3-7519-1863-3